Zu diesem Buch:

Recklinghäuser Zeitung

Berte Bratt ist meine Lieblingsschriftstellerin, weil ihre Bücher so natürlich wirken...

Fuldaer Zeitung

Berte Bratt stellt Probleme und Kämpfe eines jungen Mädchens dar. Sie versucht, aus ihrer Lebenserfahrung heraus zu helfen.

Saarländischer Rundfunk

Die Autorin Berte Bratt schreibt zwar in einem amüsanten Stil, versucht aber dennoch, spezielle Probleme junger Mädchen zu schildern und Lösungswege zu zeigen.

Berte Bratt

Moni träumt vom großen Glück

ROMAN

Schneider-Buch

Inhalt

Ein Hundertmarkschein

An meinem siebzehnten Geburtstag fing es an.

Ich kann nicht sagen, wer eigentlich schuld an dem ganzen war. Vielleicht war es mein Opa, vielleicht war es der Vater von Melitta, oder vielleicht nur das unergründliche Schicksal.

Ich bin am 15. August geboren, und in diesem Jahr war der 15. August ausgerechnet der letzte Tag der Sommerferien. Mutti und ich waren gerade zurückgekommen von unserem gewohnten Sommerbesuch bei Tante Hilde. Es ist schön bei Tante Hilde, und es ist für uns ein Segen, daß wir eine feste Einladung haben, immer den Urlaub auf ihrem Hof zu verbringen. Dort haben wir Landluft, dort gibt es Gelegenheit zum Schwimmen, dort bekommen wir ein schönes, kräftiges, bäuerliches Essen. Wir haben es dort überhaupt gut. Aber offen gesagt, übermäßig spannend sind unsere Ferienreisen nicht. Ein bißchen neidisch bin ich schon, wenn meine beste Freundin Inge von einem Sommerurlaub in der Schweiz erzählt oder Ruth von einer Mittelmeer-Kreuzfahrt, geschweige denn Melitta, wenn sie mit ihren Eltern in einem schicken Wagen kreuz und quer über die Europakarte gefahren ist. Nicht, daß ich mich beklage, ich weiß sehr wohl, wie gut es uns geht, Mutti und mir. Obwohl Vati vor vielen Jahren starb, haben wir noch unser kleines Häuschen, und Mutti arbeitet bei der Bundespost; oder ganz genau gesagt: im Fernmeldeamt. Wir können uns keine großen Sprünge leisten, aber wir haben ein nettes Heim, wir essen gut, wir sind anständig angezogen und haben eben jedes Jahr einen wirklich schönen und erholsamen Sommerurlaub bei Tante Hilde. Da muß man zufrieden sein!

Aber zurück zu meinem 17. Geburtstag. An diesem Tage hatte Mutti ausgerechnet Vormittagsdienst und den Nachmittag frei. So kam es, daß mein Geburtstagstisch erst am Nachmittag aufgebaut wurde. So etwas kann Mutti fabelhaft. Ihre Geburtstagstische mit den frischen Blumen und mit den hübsch eingepackten Geschenken, mit Kerzen und selbstgebackenem Kuchen, die schaffen sofort die richtige Geburtstagsstimmung.

Ich stand also vor meinem Tisch und freute mich an den kleinen bunten Kerzchen, die Mutti in die Torte gesteckt hatte.

Und dann entdeckte ich unter den vielen kleinen, bunten Päckchen einen Brief. Einen weißen Brief, der gegen das große Lebenslicht gelehnt stand. Ich erkannte sofort Opas Handschrift, diese zierlichen gotischen Buchstaben, die ich einfach habe lernen müssen, um Opas Briefe entziffern zu können.

Merkwürdig, dachte ich, ein Brief von Opa? Sonst ist doch immer ein Paket von ihm da!

Ich war neugierig. Bevor ich mir meine Pakete ansah, machte ich den Brief auf. Und da verschlug es mir den Atem. Außer dem Brief hielt ich nämlich einen blauen Hundertmarkschein in der Hand, einen strahlend, sozusagen fabrikneuen Hundertmarkschein. Es war der erste meines Lebens!! – Ich glaube, es dauerte zwei Minuten, bis ich mich soweit erholt hatte, daß ich den Brief lesen konnte.

„Mein liebes Monilein, einmal in meiner Jugend, und das ist sehr lange her, gelang es einem übereifrigen Versicherungs-Vertreter, mich zu überreden, eine Lebensversicherung abzuschließen. Ich weiß noch ganz genau, was er sagte. ‚Denken Sie sich', sagte er, ‚wenn Sie nur die erste Prämie bezahlt haben und Sie dann gerade sterben, dann bekommt Ihre Witwe sofort 5000 Mark.' Für einen jungen Mann von noch nicht 30 Jahren ist es natürlich nicht besonders schön zu hören, daß seine blühende junge Frau, *‚Witwe'* genannt wird. Aber immerhin, der Mann überzeugte mich. Und obwohl das Geld damals bei mir sehr knapp war, schloß ich also eine kleine Lebensversicherung über 5000 Mark ab. Nun, Deine gute Omi wurde nie meine Witwe. Sie bekam nie das Geld, dafür etwas anderes: eine lange – und ich darf wohl sagen – glückliche Ehe. Der das Geld bekam, das war ich selbst! Und zwar im vorigen Monat, kurz nach meinem siebzigsten Geburtstag. Fünftausend Mark. Da habe ich mir überlegt: Wie verwende ich es am besten? Und ich bin zu folgendem Resultat gekommen: Ich habe sicherheitshalber noch einmal meine Enkelkinder an den Fingern abgezählt, und wie ich erwartete, reichten die Finger grade aus. Ich wurde ganz sentimental dabei. Komisch, daß jeder meiner alten, knorrigen Finger ein junges, blühendes Menschenkind vertritt! Nun möchte ich jedem dieser blühenden Kinder hundert Mark schenken, und zwar zum ersten Geburtstag nach dieser Auszahlung. Du bist die erste, die Geburtstag hat, mein Monilein. Bitte sehr, hier hast Du Deinen Anteil! Verwende ihn vernünftig, oder sagen wir: Verwende ihn für etwas, was Du Dir brennend wünschst; denn Wünsche hat ein siebzehnjähriges Mädchen bestimmt! Kaufe Dir etwas dafür, das Du Dir sonst nicht hättest leisten können.

Mit den restlichen 4000 Mark habe ich einen ganz egoistischen Plan. Damit werde ich mir selbst einen seit Jahren gehegten Wunsch erfüllen. Ich werde an einer Fotosafari in Afrika teilnehmen. Nein, nein, Dein alter Opa ist nicht verrückt geworden! Ich habe die Reise schon gebucht, und ich freue mich wie ein Kind!

Nun, meine kleine Moni, verlebe einen schönen und festlichen Geburtstag. Beneidenswertes Mädchen! Siebzehn Jahre! Weißt Du eigentlich, wie glücklich Du bist? Ein ganzes, langes, schönes Leben hast Du vor Dir. Nutze die Zeit vernünftig aus, mein Mädchen, so daß Du, wenn Du so alt wirst, wie ich es jetzt bin, Dir nicht allzuviele Selbstvorwürfe zu machen brauchst. Ich gratuliere Dir von ganzem Herzen und wünsche Dir für Dein neues Lebensjahr alles mögliche Gute! Seid beide herzlich umarmt von Deinem alten, aber noch sehr rüstigen Opa."

Ich las den Brief noch einmal und ein drittes Mal. Dann reichte ich ihn Mutti. Mutti las ihn, und sie lächelte.

„Der gute Opa", sagte sie. „Er ist und bleibt goldig. Ja, siehst du, so eine Versicherung hat etwas für sich!"

„Wem sagst du das, Mutti? Wenn ich an Vati denke, wie er meine Zukunft gesichert hat . . . Weißt du noch, daß ich damals Seiltänzerin werden wollte?"

Mutti nickte und lächelte. Wir hatten öfters von dem Tag gesprochen, als Vati ganz feierlich ein Dokument in seinen Schreibtisch einschloß. Natürlich stand ich neben ihm, neugierig wie immer.

„Was ist das, Vati?" fragte ich.

„Ein Papier, das dir gehört, Monilein", lächelte Vati.

„Dann gib es mir doch!" verlangte ich.

Vati schüttelte den Kopf.

„Noch nicht", sagte er. „Wenn du ein großes Mädchen geworden bist, dreimal so alt wie jetzt, dann kriegst du es. Dann gehst du damit in ein ganz großes Büro, gibst es ab, und dafür gibt man dir viel Geld."

„Dann kann ich mir ein Rad kaufen", meinte ich.

„Nein", sagte Vati. „Das kannst du nicht. Aber du kannst damit zahlen, wenn du etwas lernen willst. Wenn du eine Ausbildung brauchst."

„Was ist Ausbildung?" fragte ich unermüdlich.

Vati verlor nie die Geduld. Jetzt setzte er sich hin und nahm mich auf seinen Schoß.

„Nun paß mal auf, Moni. Alle Menschen müssen etwas lernen, alle müssen etwas werden. Wenn du Köchin werden willst, mußt du kochen lernen. Wenn du eine Schneiderin werden willst, mußt du nähen lernen. Wenn du Ärztin werden willst, mußt du viele Jahre hindurch lesen und lernen, wie man kranken Menschen hilft. All das Lernen kostet Geld. Und das Geld kriegst du für dieses Papier, wenn du groß geworden bist. Was möchtest du dann lernen, Moni? Was willst du werden, wenn du groß bist?"

„Seiltänzerin!" rief ich. „Muß man dann lange lernen, Vati?"

Da lachte Vati so herzhaft, daß Mutti aus der Küche reinkam, und dann lachte sie auch. Ich war am Tage vorher zum ersten Mal in einem Zirkus gewesen und hatte sofort meine Zukunftspläne fix und fertig, als ich ein kleines Mädchen hoch oben auf dem Seil gesehen hatte.

Später wollte ich allerdings Schauspielerin werden, mit zwölf hatte ich mich für die Schriftstellerei entschieden, aber mit fünfzehn kam ich endlich zu einem endgültigen Entschluß, und bei dem ist es auch geblieben: Ich wollte und will entweder Kindergärtnerin oder Fürsorgerin werden. Oder vielleicht ... vielleicht Krankenschwester. Aber ich glaube, es bleibt bei Kindergärtnerin oder Kinderpflegerin. Ich liebe Kinder, und am allerschönsten fände ich es, etwas für elternlose, heimatlose Kinder tun zu können.

Nun, alle diese Gedanken schossen mir noch einmal durch den Kopf, als ich dastand mit dem Hundertmarkschein in der Hand.

„Ich weiß tatsächlich nicht, was ich dafür kaufe", sagte ich. „Weißt du, ich glaube, ich muß erst einmal darüber schlafen!"

„Das tu man", sagte Mutti. „Handle nur nicht überstürzt, du kriegst nicht jeden Tag einen Hundertmarkschein!"

Ich legte den blauen Schein in meine Schreibtischschublade, und dann konnte ich endlich zu meinem Geburtstagstisch gehen, um alle die netten Päckchen aufzumachen. Kurz danach klingelte es, und Inge und Ruth kamen zum Nachmittagskaffee, wie immer an meinem Geburtstag. Ruth schenkte mir ein reinseidenes Tuch. Sie hatte es auf dem Seidenmarkt von Intra in Norditalien gekauft. Dann zeigte sie ihre Urlaubsbilder, die sie natürlich mitgebracht hatte. Ruth in einem Pedalo-Boot auf dem Lago Maggiore, Ruth unter einem rotblühenden Kamelienbaum im Stadtpark von Locarno, Ruth mit drei weißen Pfauen im herrlichen Garten auf der Isola Bella.

Inge schenkte mir ein Sportmesser, ein echtes Lappenmesser, gekauft im nördlichsten Skandinavien. Dort war sie per Auto mit ihren Eltern gewesen. Alle per Auto, nur wir nicht. Natürlich hatte ich auch Ferienbilder. Klar, ein Bild von mir im Liegestuhl in Tante Hildes Garten, ein Bild von mir auf Tante Hildes Trecker vor Tante Hildes Heuwagen. Immer dieselben Motive. Der einzige Unterschied war, daß ich jedes Jahr ein bißchen größer und ein bißchen erwachsener aussah.

Wir tranken Kaffee, aßen Geburtstagskuchen und plauderten. Im Laufe des Gespräches sagte Ruth plötzlich: „Im nächsten Frühjahr mache ich meinen Führerschein. Vati hat's versprochen. Bin ich achtzehn, fange ich an."

Führerschein . . ., Führerschein . . .? Wäre das vielleicht . . .? Allerdings könnte ich mit hundert Mark keinen Führerschein machen. Aber wenn . . . wenn ich nun ganz energisch sparte, wenn ich nun Opas Hundertmarkschein zur Bank brächte, wenn ich mir ein Konto einrichten ließe und ganz eisern sparte, vielleicht könnte ich dann einen Führerschein machen! Ein Führerschein ist doch etwas, das man haben muß!

Als ob Inge meine Gedanken gelesen hätte, sagte sie: „Ja, einen Führerschein muß man haben. Mutti sagt immer, in unserer motorisierten Zeit gehört ein Führerschein zu der Ausbildung der Jugend."

„Ja", sagte ich langsam. „Aber was soll man damit, wenn man keinen Wagen hat?"

„Määnsch", meinte Ruth, „einen Wagen! Früher oder später kriegst du bestimmt einen. Alle Menschen haben doch ein Auto . . . beinahe alle", fügte sie hinzu; denn es ist ja leider eine Tatsache, daß Mutti und ich keinen haben. Aber die Mädchen in unserer Klasse, d. h. ihre Väter, die haben ja beinahe alle einen. Nicht daß die Mädchen in meiner Klasse so reich sind, aber wer hat nicht jetzt einen Wagen? Die Väter haben vernünftige Gebrauchswagen, keine Luxuswagen, keine Superschlitten, abgesehen von Melittas Vater natürlich, aber das ist ein Einzelfall.

Irgendwie motorisiert waren sie alle, außer mir, ja und Jutta selbstverständlich. Juttas Mutter ist auch Witwe. Aber sie hat keine sichere Anstellung, so wie meine eigene Mutter sie hat. Juttas Mutter ist kränklich, lebt von ihrer Rente, und dann hat sie eine Strickmaschine und strickt auf Bestellung. Es ist bestimmt nicht leicht für Jutta. Sie muß so viel entbehren, was wir anderen – sogar ich – haben. Ich hätte gern etwas für Jutta getan, wenn sie nur etwas zugänglicher gewesen wäre. Schade, bis dahin hatte ich nie einen richtigen Kontakt mit Jutta gehabt. Sonst, muß ich sagen, verstand ich mich sehr gut mit meinen Klassenkameradinnen. Und morgen würde ich sie alle wiedertreffen. Morgen würden wir uns als Unterprimanerinnen wiedersehen.

Abends, als die Gäste weg waren, hatte ich ein Plauderstündchen mit Mutti. Ich erzählte ihr von meinem Plan: Ich wollte Opas Geld auf die Bank bringen und dann weitersparen, damit ich mit achtzehn Jahren meinen Führerschein machen könnte.

„Nun ja", sagte Mutti. „Vielleicht keine schlechte Idee! Es ist immer schön, ein Ziel zu haben, für etwas zu sparen. Allerdings weiß ich jetzt nicht, woher wir einen Wagen nehmen sollten!"

„Aber Mutti", sagte ich. „Ein Wagen ohne Führerschein – damit kann man gar nichts anfangen! Aber ein Führerschein ohne Wagen – das ist doch besser. Denn irgendwann ergibt sich vielleicht die Gelegenheit, einen Wagen zu borgen oder zu mieten oder, wer weiß, in etlichen Jahren einen zu kaufen."

„Ja", sagte Mutti, „das ist eine unwiderlegbare Logik. Also spare du, mein Kind, und gut, daß ich es weiß; denn es ist dir gewiß lieber, wenn ich dir künftig – zu Weihnachten zum Beispiel – Geld schenke statt etwas anderem?"

„Unbedingt!" sagte ich, und so war mein Entschluß gefaßt.

An dem Abend dauerte es noch lange, bis ich einschlafen konnte. Ich lag da und stellte mir vor, wie schön es werden würde, wenn ich meinen Führerschein hätte und Mutti und ich, wenn wir ein bißchen Geld hatten, sonntags einen Mietwagen nehmen und ins Grüne fahren könnten. Alle überfüllten Omnibusse und Schiffe links liegenlassen und allein für uns fahren, mit einem Freßkorb hinten im Wagen und mit Plaids und allem, was dazugehört, und dorthin fahren, wohin wir gerade Lust hätten und nicht, wohin der Bus uns brächte. Und sich auszudenken, wie praktisch es wäre, wenn ich dann – später mal – mit einer autobesitzenden Freundin führe und ich ihr unterwegs sagen könnte: „Ach, weißt du, ich löse dich gern etwas ab. Du bist bestimmt müde vom Fahren!"

Wie teuer würde es wohl werden, den Führerschein zu machen?

Am folgenden Morgen holte ich mein altes Sparschwein von dem hintersten Bücherregal. Alt und verstaubt war es. Ich hatte lange nichts hineingesteckt. Nun wurde es unbarmherzig geschlachtet und die Groschen und das Kupfergeld gezählt. Es war immerhin etwas mehr, als ich gedacht hatte. 7,83 DM genau. Die legte ich ins Portemonnaie, zusammen mit dem Hundertmarkschein. Nach Schulschluß wollte ich mir gleich ein Sparbuch ausstellen lassen.

Als ich in die Küche kam, um zu frühstücken, war Mutti schon zum Dienst gegangen. Neben meinem Teller lagen Geld und ein Zettel. Ich sollte – wie gewöhnlich – beim Kaufmann einkaufen. Am Schluß des Briefchens von Mutti stand: „So wie ich Euch kenne, werdet Ihr bestimmt heute Eis essen gehen. Du darfst von dem Haushaltsgeld zwei Mark behalten. Gruß Mutti."

Eis essen – nein, liebe Mutti, ab heute war es Schluß mit jeglichem Eisessen und mit Naschen. Die zwei Mark sollten auf mein

Sparkonto kommen. So hatte ich immerhin 109,83 DM, in der Jakkentasche fand ich weitere 18 Pfennige und so konnte ich einhundertzehn Mark auf die Kasse geben.

Im Portemonnaie behielt ich einen Pfennig als Glückspfennig.

Melittas Rotkäppchen

Ich hatte gerade den halben Schulweg hinter mir, als ein kleines Auto bremste und wenige Meter vor mir zum Stehen kam, ein todschickes kleines Wägelchen – Zweisitzer – winzig klein und feuerrot lackiert. Ich fühlte einen kleinen neidischen Stich im Herzen. Wer doch einmal so ein kleines Autochen kriegen könnte! Warum hielt der Fahrer? Was wollte er von mir? Es wurde ein Fenster heruntergekurbelt, und ein wohlbekanntes lächelndes Gesicht kam zum Vorschein – Melitta, meine Klassenkameradin Melitta.

„Hallo, Moni, möchtest du mitfahren?“

Ich blieb stehen mit offenem Mund.

„Ist es . . . Melitta, ist es dein Wagen . . .?“ stammelte ich endlich.

„Und ob!“ lachte Melitta. „Das ist mein kleines süßes Rotkäppchen. Komm, steig schnell ein, Moni! Ich darf ja hier nicht halten.“

Ein paar Sekunden später saß ich neben Melitta. Sie startete.

„Sag mal, Melitta, seit wann . . .?“

„Seit vierzehn Tagen. Schick, nicht wahr?“

„Määänsch!“

„Was sagst du nun?“ fuhr Melitta fort.

„Das hörst du ja. Ich sage ‚Mensch‘! Sag nur, wo und wie und wann . . .“

„ . . . und warum“, ergänzte Melitta lachend. „Das ist rasch gesagt. Wir waren ja mit Vatis Wagen in Italien, und auf der Rückreise machten wir in Würzburg Station, bei unserer Familie dort. Dann wollte es das Glück, daß mein Vetter Jörg gerade seinen kleinen

Wagen zu verkaufen suchte. Er wollte einen größeren haben. Ja, und wie es so geht, dann sagte meine Tante zu Vati: ‚Das Wägelchen solltest du eigentlich für Melitta kaufen!' Vati hat zuerst gelacht, aber dann fing mein Vetter an, sachlich darüber zu sprechen. Allmählich sah Vati ein, daß es eigentlich sehr schön wäre, wenn ich meinen eigenen kleinen Wagen hätte; denn dann würde ich nicht mehr quengeln und bitten, ob ich seinen Wagen nehmen dürfte. Na, und dann waren wir in guter Stimmung, und dann war außerdem der Preis sehr günstig, und bevor ich es selbst so richtig verstanden hatte, war ich Autobesitzerin!"

„Du hast vielleicht einen großzügigen Vater!"

„Hab ich auch", gab Melitta zu. „Aber – offen gestanden – ich glaube kaum, daß er mir einen eigenen Wagen geschenkt hätte, wenn er nicht diese günstige Gelegenheit gehabt hätte. Man kauft nicht jeden Tag einen Wagen für zwölfhundert Mark."

„Zwölfhundert", wiederholte ich. „Du, ist das nicht schrecklich billig?"

„Oh", sagte Melitta langsam. „Weißt du, diesen Typ kannst du gebraucht noch billiger kriegen. Aber dann garantiere ich allerdings nicht dafür, in welchem Zustand. Ja doch, zwölfhundert ist billig. Wie du siehst", sie nickte in Richtung des Tachometers, „ist der Wagen erst vierzigtausend gelaufen, d. h. von den vierzigtausend kommen wohl tausend auf mein Konto. Weiter habe ich es noch nicht gebracht, aber ich habe ihn ja auch erst seit vierzehn Tagen. Also billig ist er schon. Das war wohl auch der Grund, warum ich ihn bekam. Einer der Gründe, meine ich. Der Hauptgrund war sicher, Vati wollte nicht riskieren, daß ich dauernd um seinen Wagen bitten sollte."

Ich überlegte es mir einen Moment. Ich kannte Melittas Vater. Er ist nicht nur reich, er ist auch sehr nett.

„Weißt du, Melitta", sagte ich langsam. „Ich könnte mir doch denken, daß der Hauptgrund ein anderer wäre, nämlich, daß er gern seiner einzigen Tochter eine Freude machen wollte!"

Melitta lächelte. „Du hast wohl im Grunde recht, Moni", sagte sie. „Jedenfalls bin ich Vati unsagbar dankbar."

Selbstverständlich erregte es großes Aufsehen, als wir in dem kleinen roten Wagen angerollt kamen und vor der Schule hielten. Von den Jungen hatten ziemlich viele Motorroller, aber Autos hatten nur ein paar – und die Lehrer natürlich. Melitta war das erste Mädchen in der Schule, das einen eigenen Wagen hatte. Klar, daß die Jungen der Klasse zusammenströmten und den Wagen kritisch und sachkundig begutachteten. Das Urteil fiel sehr positiv aus.

Es war ein Glück, daß wir an diesem Tage keine richtigen Unterrichtsstunden hatten. Es war wie immer am ersten Tag nach den Ferien, am ersten Tag in der neuen Klasse. Wir bekamen nur Bescheid über unseren Stundenplan. Unsere verschiedenen Lehrer begrüßten uns, und wir bekamen zu wissen, welche Bücher wir anschaffen sollten. Das war mein Glück, denn meine Gedanken beschäftigten sich mit ganz anderen Sachen als mit Schulunterricht, nämlich mit der großen und überwältigenden Frage: Wie sollte ich aus den einhundertzehn Mark in meiner Tasche zwölfhundert für einen gebrauchten Kleinwagen machen? Und wie sollte das Geld so wachsen, daß ich außerdem den Führerschein bekäme?

Alles hatte sich gegen mich verschworen. Opas Geld, Ruths Führerschein und Melittas Wagen. Es kam mir tatsächlich so vor, als ob man keine rechte Freude am Leben haben könnte, wenn man nicht einen eigenen Wagen hätte.

„Kommst du mit Eis essen?" fragte mich Inge nach Schulschluß.

„Kann nicht", sagte ich. „Hab was zu besorgen."

„Ach, komm doch mit, kannst es doch nachher erledigen."

„Nein, wirklich, Inge, ich kann nicht, heute nicht. Tschüß!"

Ich lief schnell in die entgegengesetzte Richtung. Schnell, um dieser ersten Versuchung zu entkommen.

Das wäre noch schöner, wenn mein Sparprogramm damit anfangen sollte, daß ich gleich schwach würde; denn in diesen Stunden hatte ich einen Plan gefaßt, einen so wilden Plan, daß ich ihn keinem Menschen – nicht einmal Mutti – anvertrauen wollte. Mutti wußte, daß ich für einen Führerschein Geld sparen wollte. Gut, das durfte sie gern wissen, aber daß ich mir vorgenommen hatte, nicht nur das Geld für den Führerschein, sondern zwölfhundert Mark für einen kleinen gebrauchten Wagen zusammenzukratzen, das sollte kein Mensch wissen. Ich wollte doch nicht ausgelacht werden.

Eine halbe Stunde später war ich die stolze Besitzerin eines blauen Sparkassenbuches. Auf der ersten Seite stand Monika Hasseldorf, und wenn ich dann weiterblätterte, stand unter „Einzahlung“: DM 110,–.

Vierzehn Tage später wies mein Bankkonto hundertsechzig Mark auf. Ich hatte Glück gehabt. Ich konnte mich zweimal als Babysitter betätigen, an zwei Sonnabenden. Natürlich – ein Opfer war es, den schönen freien Sonnabend-Abend mit Arbeiten – mit Babysitten – zu verbringen. Aber ohne Opfer würde das alles ja nicht gehen. Ich habe es also getan. Es wurde mir gut bezahlt, und ich konnte dabei lesen, mich mit meinen Schularbeiten beschäftigen, und das tat – offen gestanden – auch not. Dann hatte ich mein Monatsgeld für September bekommen. Da haben Mutti und ich eine sehr praktische Verabredung. Ich bekomme ein ganz gutes Taschengeld, sogar sehr gutes. Aber von dem Taschengeld muß ich auch ziemlich viel selbst bezahlen.

Ich soll den Friseur bezahlen, ich kaufe mir meine Strümpfe, meine Unterwäsche, alle Kleinigkeiten. Schließlich hat Mutti ihren Beruf, und sie hat nicht immer Zeit, mit mir zu gehen, wenn ich etwas brauche. Aber wenn es sich um größere Anschaffungen handelt, wie z. B. Mäntel und Kleider, dann springt Mutti ein, und dann gehen wir zusammen in die Stadt.

Daß diesmal gleich zwei Drittel meines Monatsgeldes auf die Bank gebracht wurden, war ja klar. Vorläufig würde ich schon mit den Strümpfen und der Unterwäsche auskommen. Ich mußte eben jeden Abend schnell ein Paar Strümpfe waschen. Wenn ich wieder ein Paar kaufen mußte, würde ich richtige Strapazierstrümpfe anschaffen, keine hauchdünnen Perlons.

Oh, man lernt so allerlei, wenn man bewußt Sparpolitik betreibt.

Eines Morgens – es war an einem Sonntag – guckte Mutti mich kritisch an und sagte:

„Moni, du siehst verboten aus! Jetzt mußt du etwas mit deinen Haaren machen. Diesen Struwwelkopf kann ich nicht mehr sehen!"

Ich konnte den Struwwelkopf selbst auch nicht mehr sehen, aber ich hatte einen Plan. Bis jetzt hatte ich mir immer eine Dauerwelle machen und die Haare ein bißchen toupieren lassen. Ich fand mich so selbst sehr schick, aber meine Frisur wollte gepflegt werden. Nun wollte ich etwas anderes tun.

„Sag, Mutti", fragte ich, „glaubst du nicht, daß eine glatte Frisur mir stehen würde?"

„Schon möglich", sagte Mutti. „Früher hast du ja immer deine Haare ganz glatt getragen. Aber wieso? Gefällt dir deine Frisur nicht mehr?"

„Doch", sagte ich. „Tut sie schon, aber das viele Geldausgeben gefällt mir nicht mehr."

Mutter lachte: „Ich muß sagen, du bist wirklich konsequent! Ja, meinetwegen trag deine Haare glatt, wenn du nur ein bißchen ordentlicher aussiehst als jetzt."

Also ging ich am folgenden Tag zum Friseur, ließ mir die Haare kurz schneiden, und von diesem Tag an habe ich mir die Haare selbst gewaschen. Ich brauchte sie nur ab und zu schneiden zu lassen.

Und das gesparte Geld wanderte schnurstracks auf mein Konto.

Früher hatte ich es immer so gemacht, daß ich an Regentagen mit dem Bus zur Schule fuhr. Das brauchte ich nicht mehr; denn jeden Morgen holte Melitta mich ab.

Dann saß ich neben ihr in ihrem kleinen Rotkäppchen, wie sie ihr Wägelchen immer nannte, und ich guckte ihr alle Griffe, jede Bewegung ab. Bald kannte ich mich ganz gut aus. Melitta hatte ihren Führerschein Anfang des Urlaubs gemacht. Sie fuhr schon recht gut. Melitta ist die älteste Schülerin in unserer Klasse, ich bin die jüngste. Ich mußte noch ein ganzes Jahr warten, bis ich einen Führerschein machen konnte, aber ein Jahr würde ich bestimmt auch brauchen, bis ich das Geld zusammenhätte – für all das, was ich mir vorgenommen hatte.

Ich fragte sie eines Tages ein bißchen nach der theoretischen Prüfung, und sie erzählte bereitwillig. Sie fand die Theorie am schlimmsten, andere würden vielleicht das Fahren schwieriger finden. Nun ja, in unserer kleinen Stadt ist der Verkehr nicht allzu toll. Ich mag gar nicht daran denken, wie es mir ergehen würde, falls ich in Hamburg oder München oder Frankfurt den Führerschein machte. Dort würde ich ganz bestimmt bei der praktischen Prüfung durchfallen.

Melitta borgte mir das große Heft, nach dem sie gepaukt hatte, und abends im Bett las ich keine spannenden Romane, auch keine Schularbeiten – leider, leider! –, sondern ich las über Geschwindigkeitsbegrenzungen, über das Innere des Wagens, über Pferdestärken, über Hubraum, über Öl und Benzin – überhaupt über alles, was ich zur Prüfung wissen mußte. Die Verkehrsregeln kannte ich. Schließlich war ich eine geübte Radfahrerin.

In unserer kleinen Stadt spricht sich alles schnell herum. Als ich zwei-, dreimal Babysitter gewesen war, da wußten die Leute schon: Wenn Not am Mann war, konnten sie sich an Monika Hasseldorf wenden. Doch als ich das vierte Mal ein Baby gehütet hatte, protestierte Mutti.

„Nein, Moni, so geht es nicht. Wenn du babysitten willst, dann nur sonnabends, so daß du dich am Sonntag richtig ausschlafen kannst. Heute bist du grün im Gesicht. Und du willst mir doch nicht weismachen, daß du in der Schule richtig aufpassen kannst, wenn du so müde bist! Ich will es dir nicht strikte verbieten; ich verstehe dein Sparprogramm. Ich finde es lobenswert, aber die Gesundheit hat Vorrang vor allem. Künftig gibt es Babysitten nur sonnabends und nur unter der ausdrücklichen Bedingung, daß man dir Geld für eine Taxe nach Haus gibt. Das mußt du im voraus verabreden. Ich will nicht, daß meine Tochter vielleicht nachts allein durch die ganze Stadt geht. Versprichst du mir das?"

Ich mußte es wohl oder übel versprechen. Ich wagte nicht zu sagen, daß ich vorigen Sonnabend, gerade wie Mutti sagte, ganz allein durch die halbe Stadt gewandert war, weil ich das Geld für die Taxe lieber in meine eigene Tasche steckte.

Übrigens muß ich zugeben, daß Mutti recht hatte. An diesem bewußten Tag war ich todmüde. Ich war erst um halb zwei Uhr nachts ins Bett gekommen, und das Aufstehen wurde mir unsagbar schwer. Am liebsten hätte ich den ollen Wecker an die Wand geschmissen. Und dann hatten wir ausgerechnet Französisch, und das ist leider meine schwache Seite. Ich bin überhaupt nie unter den besten zehn in der Klasse gewesen, beileibe nicht, aber andererseits bin ich ganz gut mitgekommen in der Schule, und ich habe nie die schreckliche Angst gehabt: Werde ich versetzt?

An jenem Tag war ich – wie gesagt – schrecklich müde. Das Kind, das ich gestern gehütet hatte, war noch dazu furchtbar unruhig gewesen, und ich war gar nicht richtig zum Arbeiten gekommen. Ich war dementsprechend schlecht vorbereitet. Es ist mir von jeher schleierhaft gewesen, wie man diese verflixten „en" und „y" in der französischen Sprache anbringt, und an diesem Tage war es mir rätselhafter denn je. Als es zur großen Pause läutete, hielt mich unsere Lehrerin zurück.

„Monika", sagte sie. „Ich muß ein ernstes Wort mit dir reden. Du läßt jetzt wirklich beunruhigend nach im Französischen. Kannst du dich denn nicht richtig zusammennehmen, Kind? Du kommst doch sonst ganz gut mit. Aber so, wie es jetzt mit dem Französischen ist, bezweifle ich sehr, daß du es in diesem Jahr schaffst. – Hast du besondere Probleme? Gibt es etwas, das du gar nicht verstehst? Sag es mir, wir werden dann ein wenig repetieren! Du mußt zu Hause fleißig arbeiten. Tue das, Monika! Versprich's mir!"

Mutti darf es nicht wissen

Es folgten ein paar Tage ganz ohne Verdienst, und ich war schon betrübt. Nächste Woche hatte Mutti Nachtdienst. Das bedeutete, daß sie um halb acht Uhr abends losmußte und erst um fünf Uhr morgens zurückkam. Nun ja, das war nicht das erste Mal! Ich kannte es alles ja sehr gut, und ich wußte ganz genau: Wenn es klingelte, durfte ich nicht aufmachen, und wenn etwas los wäre, dann sollte ich Mutti anrufen, und die Nachbarn wußten Bescheid, daß ich allein war, und so weiter. Das kannte ich ja alles seit etlichen Jahren.

„Ach Moni!“ sagte Inge in der Pause. „Ich habe einen Job für dich! Ich sollte von unserer Nachbarin fragen, ob du morgen bei ihr babysitten könntest?“

„Morgen, Dienstag, ach, das darf ich ja nicht!“ sagte ich zögernd. „Mutti hat es mir verboten.“

„Schade“, sagte Inge. „Denn sie würden sehr gut zahlen. Unsere Nachbarin war ganz unglücklich, weil sie niemanden hatte. Sie wollen zu einem Betriebsfest.“

„Was sind es denn für Leute?“ fragte ich.

„Ach, sie sind gerade vor 14 Tagen eingezogen“, erzählte Inge. „Bis jetzt wohnten sie in Paris. Die Frau ist Französin, und sie haben einen kleinen Sohn von drei oder vier Jahren.“

„Französin“, knurrte ich. „Ja, das hat mir gerade gefehlt. Sag bloß nicht, daß das Kind nur französisch spricht!“

„Doch!“ Inge lachte. „Das sage ich allerdings. Es versteht kein Wort Deutsch, aber ich bitte dich, so viel Französisch wirst du doch wohl können? Du brauchst ja nur auf einen Zettel zu schreiben, wie alles heißt, was du voraussichtlich brauchen wirst: ‚Ich habe Durst‘ – ‚Tante, gib mir was zu trinken‘ – ‚Sei ruhig, mein Kind, Mutti kommt gleich wieder' – ‚Die Tante ist bei dir' und ‚Ich muß mal'. Vergiß nicht, daß das sehr wichtig ist."

Ich mußte lachen. „Ja – wann sollte es denn sein?" fragte ich zögernd.

„Ab acht und dann voraussichtlich bis zwölf oder halb eins. Sie meinten, daß sie nicht später als zwölf Uhr kommen würden. Und du wirst nach Haus gefahren. Der Herr im Hause spendiert eine Taxe."

Ich überlegte es noch einmal. „Was zahlen sie denn?"

„Oh, sie zahlen gut!" behauptete Inge. „Du kriegst fünf Mark die Stunde."

Fünf Mark die Stunde! Vier Stunden von acht bis zwölf, zwanzig Mark an einem Abend! Einen solchen Verdienst konnte ich mir nicht entgehen lassen!

„Gut, Inge", sagte ich. „Ich mache es. Aber eines sage ich dir, es bleibt unter uns. Mutti darf es nicht wissen. Versprichst du es mir auf Ehrenwort?"

„Na klar", sagte Inge. „Bin ich vielleicht nicht ein guter Kamerad? Na also!"

Inge schrieb den Namen und die Anschrift auf. Familie Clausen wohnte in einem neuen Mietshaus, ganz in der Nähe von Inge.

Kaum war Mutti am nächsten Abend aus dem Haus, da machte ich mich auf die Socken oder vielmehr auf die Räder. Sie wohnten ja ziemlich weit weg, und ich mußte mit dem Rad fahren, um es rechtzeitig zu schaffen. Allerdings müßte ich dann auch mitten in der Nacht allein per Rad zurückfahren. Nun, das ließ sich nicht ändern. Sonst hätte ich mit einer Taxe fahren müssen, und das kam selbstverständlich nicht in Frage. „Taxe" ... das stand nicht mehr in meinem Wörterbuch. Das hätte vielleicht drei, vier, fünf Mark gekostet! Kam nicht in die Tüte!

Frau Clausen sprach sehr wenig deutsch. So war es ihr Mann, der mir alles zeigte. Hier sei das Kinderzimmer. Der Sprößling – vier Jahre alt – schlief schon. Da sei die Küche. Hier würde ich Milch finden, falls der junge Mann Durst hätte. Und ob ich französisch spräche? Errötend mußte ich beichten, wie traurig es mit meinen französischen Kenntnissen stand.

„Ach, das wird schon gehen", meinte Herr Clausen. „Moment mal, ich schreibe Ihnen schnell die wichtigsten Sachen auf einen Zettel." Er kritzelte – ziemlich unleserlich übrigens – mit vielen abscheulichen Circonflexen und so was auf: „Sei ruhig, mein Kind" ... „Brauchst keine Angst zu haben" ... „Die Tante ist bei dir" ... und weiter all die Sachen, die Inge auch gesagt hatte. – Wie gut, daß ich als Lesestoff mein französisches Lehrbuch mitgenommen hatte!

„Vor halb eins sind wir bestimmt zurück", versicherte Herr Clausen. Dann gingen sie. Die Tür schlug hinter ihnen zu, und ich war allein mit dem vierjährigen Herrn Gérard.

Was ich an diesem Abend vor allem an Französisch studierte, war der kleine Zettel von Herrn Clausen. Ich werde bestimmt nie in meinem Leben vergessen, was Hunger, Durst und Töpfchen und Mutti und Vati auf Französisch heißt! Dann drückte ich nach Leibeskräften beide Daumen, daß das Kind ununterbrochen schlafen möchte und daß ich meinen neuerworbenen französischen Wortschatz nicht gebrauchen würde.

Eine halbe Stunde war es friedlich. Ich saß im Wohnzimmer, die Tür zum Kinderzimmer ließ ich einen Spalt auf. Dann, o Schreck, hörte ich drinnen eine Bewegung, danach ein kleines Wimmern, und dann kam ein durchdringendes Rufen „Maman, Maman"!

Ich hinein! Wie hieß es noch? „Sei ruhig! Du brauchst keine Angst zu haben. Ich bin bei dir." Ob es an meiner französischen Aussprache lag oder an der Tatsache, daß eine ganz fremde Tante plötzlich da war, weiß ich nicht; jedenfalls stieg das Weinen bis zum hilflosen Schreien an. Der Kleine versuchte aus dem Gitterbettchen zu krabbeln. Er schrie herzzerreißend.

„Gérard, sei ruhig, sei ruhig. Mutti kommt bald, sei lieb und schlafe. Hier ist dein Teddy."

Nichts half. „Gérard, veux-tu du lait?“ Vielleicht verstand er es nicht. Ich halte es für sehr wahrscheinlich. Ich wollte fragen, ob er Milch haben wollte, aber er schrie weiter und rannte ins Wohnzimmer.

Eine Viertelstunde später war ich dem Verzweifeln nahe. Ich schwitzte. Ich hätte beinahe so laut heulen mögen wie der junge Gérard. Was sollte ich nur machen? Sollte ich schon die Eltern anrufen? Sie würden bestimmt noch am Tisch sitzen. Und es wäre ja schrecklich, wenn ich nach einer Stunde schon anrufen müßte und sagen, ich würde mit dem Kind nicht fertig.

Ich versuchte, den Jungen auf den Schoß zu nehmen. Ich versuchte, ihm ein Bilderbuch zu zeigen. Nichts half.

Und dann, als ich gerade den verzweifelten Entschluß gefaßt hatte, doch anzurufen, da geschah es. Es klingelte an der Tür.

Ich ging in den Flur und legte die Kette vor, ehe ich einen Spalt aufmachte. Der Kleine blieb mir auf den Fersen.

„Onkel Marc“, rief das Kind und zerrte an der Kette. Ich begriff, daß es ein guter Bekannter war, der draußen stand, und nahm die Kette weg. Der Kleine stürzte sich in die Arme des jungen Mannes.

„Entschuldigen Sie vielmals“, lächelte er. „Ich wußte, daß das Ehepaar Clausen heute weg ist und daß ein Babysitter hier ist, als ich das Schreien hörte.“

„Ja, das war wohl kaum zu vermeiden, falls Sie hier im Haus wohnen“, sagte ich.

Der Fremde lächelte. „Ich wohne eine Treppe höher. Ich habe sogar mein Zimmer über dem Wohnzimmer hier.“ Er wandte sich an das Kind, sagte ein paar Worte auf französisch. Der Kleine reckte die Arme hinauf, und der junge Mann hob ihn auf den Arm. Dann sagte er wieder etwas, das ich nicht verstand, und trug das Kind ins Kinderzimmer.

„Entschuldigen Sie, aber wer sind Sie eigentlich?“ fragte ich.

Er legte Gérard ins Bettchen, deckte ihn liebevoll zu, streichelte ihm die Wange, und dann wandte er sich zu mir.

„Für Gérard bin ich Onkel Marc", sagte er. „Sonst heiße ich Marcus Becker und wohne, wie gesagt, hier im Haus."

„Treten Sie immer als rettender Engel auf?" fragte ich.

„Ja." Er lächelte wieder. „Ab und zu. Gelegentlich muß ich einspringen und für Frau Clausen rettender Engel sein – wie Sie sagten. Frau Clausen kommt ja noch nicht so ganz zurecht mit der deutschen Sprache, und ich habe für sie ein paarmal dolmetschen müssen, wenn ihr Mann nicht da war."

„Aber Sie sind doch Deutscher", sagte ich, „und können trotzdem so gut Französisch?"

„Kommt schon vor", sagte Marc, „daß auch Deutsche französisch können. Wissen Sie, ich habe einmal ein paar Monate einen Job in Paris gehabt, als Kellner. Da lernt man viel Französisch."

„Oh?" sagte ich fragend. Marcus Becker sah gar nicht wie ein Kellner aus.

„Aber, warum nicht? Ist ein Kellnerjob nicht genauso gut wie ein Babysitterjob? Und Sie? Wer und was sind Sie denn, wenn ich fragen darf, außer Babysitter?" erkundigte sich Marc.

„Ich heiße Monika", antwortete ich. „Monika Hasseldorf – für gewöhnlich Moni."

Wir waren inzwischen zurück ins Wohnzimmer gegangen, und Marc entdeckte mein französisches Lehrbuch auf dem Tisch.

„Schulmädchen?" fragte er.

„Ja, leider noch ein Schulmädchen – mit Französisch als schwachem Punkt. Neulich erst hat meine Französisch-Lehrerin mir den Kopf gewaschen. Ich gebe zu, ich habe ein Brett vor dem Kopf, wenn es sich um Französisch handelt."

„Haben Sie denn besondere Probleme?" sagte Marc lächelnd.

„Und ob ich die habe. Wenn ich bloß begreifen könnte, wie ich dieses olle ‚y' und das blöde Wort ‚en' anbringen sollte."

„Das Problem hatte ich auch in der ersten Zeit in Paris", sagte Marc. „Wissen Sie, das ist alles gar nicht so schlimm. Das kann ich Ihnen schnell erklären, wenn Sie wollen."

„Und ob ich das will. Ich wäre Ihnen zu ewigem Dank verpflichtet."

Marc Becker setzte sich hin, nahm mein Lehrbuch, guckte ein bißchen hinein, fragte, wie weit ich gekommen sei, und dann fing er an, alles zu erklären. Eine halbe Stunde später hatte ich so einigermaßen begriffen, was diese beiden Wörter eigentlich zu bedeuten hatten und wie man sie anbringen sollte.

Aber nun guckte Marc auf die Uhr.

„Bedauere sehr", sagte er. „Schluß mit dem Unterricht für heute, jetzt muß *ich* zu meinem Job."

„Job, jetzt Viertel nach zehn Uhr abends?" fragte ich.

„Eben. Mein Job fängt um halb elf an", lachte Marc. Als er mein erstauntes Gesicht sah, fügte er hinzu: „Damit Sie nun nicht die halbe Nacht mit Nachdenken zubringen, was ich zu nachtschlafender Stunde tue, will ich es Ihnen verraten: Ich mache Eisenbahnwagen sauber."

„Was?" rief ich.

„Glauben Sie bloß nicht, daß ich das aus Interesse an Eisenbahnwagen mache", erklärte mir Marc. „Nachtarbeit wird gut bezahlt, und ich spare eben Geld. Haben Sie jemals von Leuten gehört, die es nötig haben, Geld zu sparen?"

„Wem sagen Sie das?" lachte ich. „Ich spare doch selbst. Glauben Sie, daß ich Babysitter bin, weil ich eine solche riesengroße Liebe zu dieser Arbeit habe?"

„Denkbar wäre es", sagte Marc. „Es ist ja nicht unnatürlich, daß ein junges Mädchen Kinder gern hat."

„Habe ich auch", sagte ich. „Aber die halbe Nacht bei fremden Kindern, in fremden Wohnungen zu verbringen, das macht nun nicht immer so viel Spaß. Nein, ich spare nämlich auch Geld."

„Dann verstehen wir uns ja", lächelte Marc. „Na, ich muß los, Moni. Vielleicht treffen wir uns später mal, und dann konnen wir weitere Erfahrungen über Geldsparen austauschen. Guten Abend und viel Glück mit Gérard!"

„Wann kommen Sie wieder nach Haus?“ fragte ich.

„Oh, wenn ich nach Haus komme, dann sind Sie schon längst in Ihrem eigenen Bett. Ich arbeite bis vier Uhr. Bin gegen halb fünf erst zu Hause.“

Noch einmal schlug die Wohnungstür zu. Ich fühlte mich plötzlich so furchtbar allein; den Marc fand ich sehr nett. Und daß er mir klargemacht hatte, was ich bis jetzt nie begriffen hatte in der französischen Sprache! Nun konnte ich selbst weiterlesen.

Zum Weiterlesen bekam ich auch reichlich Gelegenheit. Die Zeit verging. Ich guckte auf die Uhr. Was? Das konnte doch nicht stimmen? Es war halb zwei Uhr vorbei! War etwas passiert? Warum war Ehepaar Clausen noch nicht da?

Ich hatte ja die Telefonnummer bekommen. Ich konnte anrufen und Clausens fragen, wann sie kämen. Ich mußte ihnen erklären, jetzt könne ich nicht mehr länger sitzen. Ich rief an. Es klingelte, klingelte, klingelte. Niemand meldete sich. Nein, natürlich war das Fest längst vorbei, und das Lokal war bestimmt geschlossen.

Wenn bloß nicht was ganz Schreckliches passiert war! Man hört doch so viel von Autounfällen . . . allerdings in unserer friedlichen kleinen Stadt? Nun ja, natürlich könnte auch da etwas passieren.

Sollte ich Mutti anrufen im Fernmeldeamt? Sollte ich beichten, daß ich direkt gegen ihren Wunsch gehandelt hätte?

Nein, ich könnte etwas anderes tun. Marc Becker, der könnte mich retten. Was hatte er gesagt? Er käme gegen halb fünf nach Haus. Ich mußte eben die Flurtür aufmachen und mich da hinsetzen, so daß ich hörte, wenn er käme. Er mußte mich ablösen. Er mußte mir helfen. Ich würde ihm ganz schnell erklären, warum ich unbedingt nach Haus mußte.

Jetzt versuchte ich weiterzulesen. Aber ich konnte die Gedanken nicht zusammenhalten. Ich war furchtbar nervös. Dann dachte ich an Marc. Er war schrecklich nett gewesen. Ich möchte mal wissen, was er in unserer Stadt macht? . . . Ich hatte ihn nie getroffen. Ich hatte nie seinen Namen gehört. Und sonst kennen wir uns doch – jedenfalls vom Ansehen – wir Jugendlichen in unserer Stadt. Er hatte erzählt, er müßte Geld sparen. Wozu? Warum arbeitete er nachts? Warum machte er Eisenbahnwaggons sauber, nachts? Er hatte vielleicht das Geld nötiger als ich. Er hatte Humor. Er hatte ein lustiges Lächeln und ein so nettes Augenzwinkern und eine sehr hübsche Stimme. Der Gedanke, daß ich ihn vielleicht wiedertreffen würde, war mir eigentlich gar nicht unangenehm.

Halb drei! Ich ging in die Küche. Ich hatte einen Mordshunger. Und wenn das Ehepaar Clausen mich so lange sitzenließ, dann mußten sie es auch über sich ergehen lassen, daß ich ein Stück Brot aus ihrer Speisekammer klaute.

Als ich ein Glas Nescafé entdeckte, machte ich mir Wasser heiß und machte mir eine Tasse starken Kaffee. Das konnte ich brauchen; denn ich war schrecklich müde. An die Schule wagte ich überhaupt nicht zu denken.

Ein Viertel nach vier war das Ehepaar Clausen noch nicht da. Da saß ich im Flur und guckte durch den Türspalt ins Treppenhaus hinaus.

Eine Viertelstunde hatte ich so gesessen, da hörte ich, daß jemand durch die Haustür ging, und Schritte näherten sich. Es war Marc!

Eins-zwei-drei hatte ich die Türe aufgerissen. „Marc, bitte, bitte, Sie müssen mir helfen!“

Er blieb stehen. „Moni, Sie sind noch da? Sagen Sie bloß nicht, daß Clausens noch nicht zurück sind?“

„Nein, sie sind nicht zurück, und ich bin so verzweifelt. Marc, können Sie mich retten? Ich gebe Ihnen natürlich etwas ab von meinem Honorar.“

„Unsinn“, sagte Marcus. „Wofür halten Sie mich eigentlich? Machen Sie, daß Sie nach Haus kommen. Leider kann ich Sie nicht nach Haus bringen. Ich muß ja hier bleiben und auf Gérard aufpassen. Wo wohnen Sie, Moni?“

Ich erzählte es ihm, und er kritzelte es auf die Rückseite eines Briefes.

„Ich muß schnell machen, Mutti hat mir ja verboten, dies zu tun, ich meine babysitten. Ich darf nur sonnabends. Verraten Sie mich nicht, falls Sie mal Mutti treffen."

„Na, Sie sind mir vielleicht eine", sagte Marc. „Nein, ich werde Sie nicht verraten, aber Ihre Mutter muß doch gemerkt haben, daß Sie weg sind."

„Nein, eben nicht. Mutti hat doch Nachtdienst im Fernmeldeamt. Diese Woche arbeitet sie von 20 bis 5 Uhr. – Also tausend, tausend Dank, Marc. Ich muß rennen."

Und ich rannte. Ich sprang aufs Rad, und nie in meinem Leben bin ich so schnell geradelt. Erst als ich zu Hause das Rad in den Keller brachte, wurde es mir klar, daß ich mein Honorar gar nicht bekommen hatte. Na, wenn Clausens nicht mit schweren Verletzungen nach einem Autounfall im Krankenhaus lagen, dann konnten sie sich auf etwas gefaßt machen! Erstens sollten sie schön zahlen, und zweitens hatte ich ihnen ein paar Worte zu sagen über Leute, die eine ganze Nacht wegbleiben und ein junges Mädchen allein in der Wohnung lassen!

Die Uhr im Wohnzimmer schlug fünf, als ich hereinkam. Eins-zwei-drei ins Schlafzimmer – nichts mit Zähneputzen, nichts mit Waschen! Mutti und ich haben doch ein gemeinsames Schlafzimmer. Ich mußte, ich mußte im Bett sein, und ich mußte jedenfalls so tun, als ob ich schliefe, wenn Mutti käme.

Ich wagte nicht, Licht im Schlafzimmer zu machen. In Stockfinsternis zog ich mich aus, und ich hatte nicht einmal alles ausgezogen, da hörte ich das Knirschen der Gartenpforte. Das Nachtkleid über die Unterwäsche gezogen, ins Bett, die Decke bis zur Nasenspitze hochgezogen, Augen zu. Hoffentlich würde Mutti nicht mein klopfendes Herz hören.

Es ging gerade noch gut, aber als um sieben der Wecker klingelte, da war ich so müde wie nie in meinem Leben. Ich versprach mir selbst, nie mehr Babysitter zu machen, ohne daß Mutti es wußte.

Der Schultag, der folgte, war schrecklich. Ich kann ihn

überhaupt nicht beschreiben. Die Stunden schleppten sich nur so dahin. Aber einen Triumph brachte der Tag mir doch. Ich wurde in der Französisch-Stunde wieder aufgerufen, und siehe da, ich konnte alles beantworten.

„Was ist mit dir denn geschehen, Moni?“ fragte die Lehrerin. „Gestern brachtest du mich beinahe zur Verzweiflung, und heute sprichst du beinahe wie eine Pariserin?“

„Ich habe auch die halbe Nacht französisch gelesen“, sagte ich, und ich sagte die reine Wahrheit.

„Sag mal, Moni“, fragte Mutti am Mittagstisch. „Wann bist du eigentlich zu Bett gegangen gestern? Du bist ja grün im Gesicht.“

„Ach Mutti“, sagte ich, „es wurde ziemlich spät. Weißt du, ich habe den ganzen Abend und beinahe die halbe Nacht französisch gelernt. Ich bekam nämlich gestern eine Rüge, und du weißt ja, wie es immer mit mir und dem Französischen ist. Na, und dann habe ich mich eben aufgerafft und habe wirklich viel gelernt. Und denke dir, heute wurde ich gelobt.“

„Ja, das ist ja gut, aber du darfst keinen Nachtschlaf opfern, mein Kind. Natürlich bin ich froh, wenn du fleißig lernst, aber später als um zehn gehst du mir nicht ins Bett. Versprichst du mir das, Moni?“

„Ja, Mutti, das verspreche ich; denn ich finde es selbst scheußlich, über Tag so müde zu sein.“

Nach dem Mittagessen legte ich mich hin. Ich schlief drei volle Stunden.

Als Mutti an dem Abend weggegangen war, überlegte ich – sollte ich schnell hinfahren zu Clausens und mein Honorar holen, oder überhaupt fragen, was gestern eigentlich los gewesen war? Während ich immer noch am Überlegen war, klingelte es. Woher kam es nur, daß mein Herz einen so komischen Sprung machte? Ich öffnete die Tür und . . . da stand Marc.

„Tag, Moni, ich bringe Ihnen was!“

„Kommen Sie doch rein!“ sagte ich. Er kam rein, und mit einem verschmitzten Lächeln zog er etwas aus der Tasche.

„Bitte sehr, mit einem reuevollen Gruß von Herrn Clausen!“ Es war ein Kuvert. Ich riß es auf. Und da stand ich zum zweiten Mal mit einem Kuvert in der linken und einem großen Geldschein in der rechten Hand: Fünfzig Mark.

Marc guckte sich mein erstauntes Gesicht an. „Aber das stimmt doch, Moni. Sie sollten doch fünf Mark die Stunde haben. War es nicht so?“

Ich zählte schnell an den Fingern ab: „1 . . . 2 . . . Aber ich war ja nur achteinhalb Stunden da. Wenn wir die Hin- und Rückfahrt mitrechnen, na ja, neun Stunden.“

„Sehen Sie, also fünfundvierzig Mark und die fünf Mark darüber sollen wohl Schadenersatz sein“, lächelte Marc.

Ich hielt die Tür zum Wohnzimmer auf: Bitte, kommen Sie doch näher, Marc. Es ist schrecklich lieb von Ihnen, daß Sie sich hierher bemüht haben. Ich war gerade drauf und dran, loszuradeln, um mir bei Clausens das Geld abzuholen. Was ist übrigens losgewesen? Warum sind sie nicht früher gekommen? War es etwa ein Autounfall?“

„Von wegen Autounfall! Sie waren nach dem Fest zu einem Kollegen von Herrn Clausen gegangen, und da haben sie ausgiebig weitergefeiert, so daß sie die Zeit vergaßen. Übrigens kamen sie nach Haus eine Viertelstunde, nachdem Sie weggefahren waren. Sie waren ja nicht wenig erstaunt, als das babysittende Mädchen sich in einen jungen Mann verwandelt hatte. Nein, nein, sie waren keine Spur böse. Sie kennen mich ja ganz gut, und sie hatten außerdem ihrerseits ein ganz schlechtes Gewissen, weil sie so lange weggeblieben waren. Deswegen auch das schöne Honorar. Etwas Positives haben Sie also von dem gestrigen Abend.“

Ich guckte Marc an: „Das habe ich.“

In dem Augenblick dachte ich nicht vor allem an das Geld.

„Marc“, sagte ich, „ich wollte gerade hier in meiner Einsamkeit eine Tasse Tee trinken. Darf ich Ihnen eine Tasse anbieten?“

„Ich sage nicht nein“, sagte Marc. „Tausend Dank!“

Ich lief in die Küche, brühte den Tee auf und machte schnell ein paar delikate Butterbrote zurecht.

„Hören Sie, Moni", sagte Marc, als wir die erste Tasse Tee getrunken hatten. „Darf ich Ihnen als beinahe alter Freund einen Rat geben?"

„Natürlich", sagte ich. „Ich bitte Sie darum!"

„Erzählen Sie Ihrer Mutter die ganze Geschichte von gestern!"

„Was? Mutti erzählen?"

„Ja, Moni, tun Sie das, raffen Sie sich auf und beichten!"

„Sie wird aber schrecklich böse werden", sagte ich.

„Höchstwahrscheinlich, und ehrlich gesagt, Moni, das verdienen Sie auch! Aber tun Sie es, Sie werden nachher ein besseres Gewissen haben. Wissen Sie, Ihre Mutter wird es bestimmt früher oder später erfahren. Sie werden sich eines Tages verplappern. Und wenn Sie es auch nicht tun, Sie müßten immer aufpassen. Übrigens", jetzt lächelte er, „gesetzt den Fall, Ihre Mutter bekäme zu wissen, daß wir beide uns kennen, wie wollen Sie das erklären? Sie würden doch nicht direkt lügen?"

„Nein!" sagte ich. Lügen wollte ich nicht. Daß ich Mutti etwas verschwiegen hatte, das war so eine Sache, aber lügen wollte ich nicht.

„Sehen Sie", sagte Marc. „Entweder dürfen wir uns gar nicht treffen, Sie und ich, oder Sie müssen Ihrer Mutter die ganze Wahrheit erzählen."

Ich überlegte es mir noch einmal. „Gut, Marc", sagte ich. „Ich werde es tun."

Wir tranken noch eine Tasse Tee, und Marc blieb sitzen und guckte sich in unserem Wohnzimmer um.

„Wie gemütlich ist es bei Ihnen", sagte er. „Wissen Sie, ich kann bloß nicht begreifen . . ." Er schwieg, vollendete den Satz nicht.

„Was können Sie nicht begreifen?" fragte ich.

„Nein, nichts. Ich überlegte bloß etwas."

„Ich kann mir schon denken, was Sie meinen", sagte ich.

„Weshalb ich so schrecklich eifrig Geld spare, so daß ich die halbe Nacht damit verbringe, auf fremde Kinder aufzupassen. Und daß ich meine Mutter beinahe belüge."

„Ehrlich gesagt", sagte Marc, „ungefähr so habe ich gedacht. Aber entschuldigen Sie, das geht mich ja nichts an."

„Vielleicht könnte ich es Ihnen doch erzählen", sagte ich langsam. „Wenn Sie mir versprechen, es für sich zu behalten. Sonst weiß es niemand außer Mutti. Ich spare nämlich für den Führerschein."

„Ach, das tun Sie?" sagte Marc, und das Verständnis leuchtete ihm aus den Augen. „Ja, das kann ich sehr gut verstehen, aber das ist doch eine ehrliche Sache, Moni. Warum hat das ein so großes Geheimnis zu sein? Übrigens, Sie sind noch nicht alt genug, um einen Führerschein zu machen."

„Nein, eben nicht, aber in einem Jahr, dann bin ich alt genug."

„Ja, aber Menschenskind, bis dahin haben Sie bestimmt das Geld für zehn Führerscheine zusammen. Sie brauchen deshalb doch nicht so eisern zu sparen."

„Vielleicht doch", sagte ich. „Vielleicht möchte ich noch etwas haben, nicht nur den Führerschein."

„Aha", sagte Marc. „Sie wollen natürlich gleich einen Wagen haben."

Er sagte es so direkt und so offen, daß es mir selbst plötzlich eine natürliche Sache wurde und keine solche Riesensensation mehr, wie es bisher gewesen war. Marc hat es gar nicht als etwas Komisches betrachtet.

„Finden Sie es nicht wahnsinnig von mir?" fragte ich.

„Wieso wahnsinnig? Das ist doch ein ganz natürlicher Wunsch. Denken Sie, ich wünsche mir nicht auch einen Wagen? Aber bei mir gibt es noch andere Dinge, die viel wichtiger sind."

Ich wartete. Ich hoffte, daß er jetzt ein bißchen von sich erzählen wollte. Aber direkt fragen mochte ich nun auch nicht danach.

Es war Marc, der eine Frage stellte. „Wie weit sind Sie eigentlich in der Schule, Moni?"

„Wenn alles nach meinem Kochbuch geht, und wenn ich nicht kleben bleibe, dann mache ich in zwei Jahren das Abitur."

„Und dann?"

„Und dann – ja dann muß ich an einen Beruf denken."

„Haben Sie schon einen Plan?"

„Und ob ich den habe! Ich will entweder Kindergärtnerin oder vielleicht Fürsorgerin werden. Am allerliebsten möchte ich in einem Kinderheim arbeiten. Wissen Sie, wenn man den Vater so früh verloren hat wie ich – ich war erst sieben, als Vater starb –, dann kann man von Glück sagen, wenn man eine so gute Mutti hat. Und ich habe oft an die Kinder gedacht, die das schreckliche Unglück hatten, beide Eltern zu verlieren. Kinder, die in einem Kinderheim aufwachsen, und wenn sie auch in guten Kinderheimen liebevoll betreut werden, entbehren sie doch so unsagbar viel, das Eltern einem Kind beibringen können. Meine Mutti hat mich so viel gelehrt. Und all das Schöne und all das Vernünftige, das möchte ich so gern anderen Kindern beibringen. Ich weiß nicht, ob Sie mich verstehen . . .?"

„Und ob ich verstehe!" sagte Marc, und plötzlich war seine Stimme ganz anders. „Und ob ich verstehe, Moni. Du bist ja ein kleines Prachtmädchen!"

Ich lächelte. Ob er wußte, daß er mich plötzlich duzte? Aber ich mochte es. Ich war ja erst siebzehn. Ich mochte eigentlich gar nicht, daß jemand mich siezte. Und dann sagte ich ihm auch du.

„Hast du vielleicht auch deinen Vater verloren?" fragte ich vorsichtig.

„Ja", sagte Marc. „Ich habe ihn nie gekannt. Er fiel im Krieg, bevor ich geboren wurde."

„Und deine Mutter?" fragte ich zögernd.

Als Marc antwortete, war seine Stimme sehr nüchtern, sehr ruhig, als ob er sich beherrschen mußte.

„Meine Mutter kam um in einer Bombennacht. Es war in Berlin. Ich war erst ein paar Wochen alt. Mich haben sie aus den Ruinen herausgezogen. Komischerweise war ich am Leben geblieben. Na ja, Unkraut vergeht nicht. Das habe ich früh bewiesen."

„O Marc, wie schrecklich!"

Er sprang plötzlich auf, beinahe jäh.

„Sprechen wir nicht davon, Moni. Es ist alles so traurig, und das Leben geht ja weiter." Er guckte auf die Uhr. „Menschenskind, die Zeit geht auch weiter. Ich muß mich beeilen. Ich muß eben schnell nach Haus und dann zu meinen dreckigen Eisenbahnwagen."

Schon ging er zur Tür. Er drehte sich um, hielt mir die Hand hin.

„Dann Wiedersehen, Moni. Es war nett, mit dir zu plaudern. Und vergiß nicht, was du mir versprochen hast!"

„Was meinst du?"

„Das weißt du sehr gut; du hast mir versprochen, mit deiner Mutter zu reden. Und dann", schon hatte er die Tür aufgemacht, dann drehte er sich noch einmal um, „und dann, vergiß nicht, wenn du jetzt gleich ins Bett gehst – das solltest du tun, du siehst todmüde aus –, vergiß nicht, dem lieben Gott zu danken, daß du eine Mutter hast. – Gute Nacht, Moni!"

Großer Ärger

Marc hatte recht. Ich war furchtbar müde. Als ich ins Bad ging und mir die Zähne putzte und in den Spiegel guckte, entdeckte ich zu meinem Schrecken, daß ich grünlich im Gesicht war, mit tiefen schwarzen Ringen um die Augen. Na ja, das hatte ich davon . . . bis 5 Uhr aufzubleiben. Ich ging ins Bett, aber komischerweise konnte ich nicht einschlafen. Immer hörte ich Marcs Stimme, so wie sie geklungen hatte, als er von dem Tode seiner Eltern sprach. Ich hatte das Gefühl, daß Marc sehr viel durchgemacht hatte.

Gleichzeitig hatte ich ein neues merkwürdiges Glücksgefühl: Wie schön, daß ich Marc kennengelernt hatte!

Und daß ich morgen, sowie Mutti ansprechbar war nach ihrem Nachtdienst, mit ihr sprechen und alles beichten wollte, das stand fest. Bombenfest. Mit diesem Gedanken schlief ich ein.

Wenn Mutti Nachtdienst hat, treffe ich sie morgens gar nicht. Sie kommt ja erst gegen halb sechs ins Bett, und dann muß sie sich ausschlafen. Dann bin ich ganz leise, wenn ich aufstehe. Ich lasse immer meine Kleider im Bad liegen und ziehe mich dort an. Dann frühstücke ich allein. Wenn ich nachmittags nach Hause komme, hat auch Mutti ausgeschlafen, hat eingekauft und gekocht, und dann haben wir es recht gemütlich.

An diesem Tage war Mutti ziemlich schweigsam am Mittagstisch – lieb und freundlich wie immer, aber es war doch irgend etwas . . .

„Mutti, hast du was?“ fragte ich. Sie lächelte ein bißchen.

„Na ja, ich habe eben so ein kleines Problem, wie man es manchmal hat. Denk nicht dran, Moni, ich werde schon damit fertig.“

Wir aßen, räumten ab, Mutti machte Kaffee. Als wir dann in unserem gemütlichen Wohnzimmer am Kaffeetisch saßen, holte ich tief Luft und fing an:

„Mutti . . .“

„Ja, mein Kind?“

„Mutti, ich muß dir leider etwas beichten.“

„Na, Moni?“

„Ich habe etwas ausgefressen. Ich möchte es dir gern erzählen. Du wirst mir böse sein, Mutti, aber das ist doch besser, als wenn ich es verschweige.“

„Dann erzähle, Moni. Sprich es dir von der Seele.“

„Du, Mutti, du hast mir verboten, Babysitter zu machen in der Woche; nur sonnabends sollte ich gehen dürfen. Ja, na ja, um es kurz zu machen: Vorgestern habe ich doch einen Auftrag übernommen. Und ich bin sehr spät nach Haus gekommen, weil die Leute mich buchstäblich sitzenließen. Ich habe es dir nicht gesagt.

Ich habe gesagt, daß ich mich mit meinem Französischen beschäftigt hätte. Das stimmt, Mutti, ich habe nicht gelogen. Ich habe nur verschwiegen. Das stimmt, denn die ganze Zeit, als ich dasaß, habe ich an meinen französischen Aufgaben gearbeitet. – Also, ich habe es gemacht, und ich werde es nicht mehr tun, Mutti. Es war ein abscheuliches Gefühl hinterher. Aber Mutti, ich habe ganz schrecklich viel verdient. Bist du mir jetzt böse?"

Ein kleines Lächeln ging über Muttis Gesicht.

„Ich danke dir, daß du es mir gesagt hast, Moni. Nun ja, ein bißchen böse bin ich schon, aber nur ein bißchen. Ich wußte es nämlich."

„Was, du hast es gewußt?"

„Ja, zufällig habe ich es gewußt. Als ich gestern früh nach Haus kam, hattest du dich anscheinend sehr schnell ausgezogen. Dein Pullover war auf den Fußboden gefallen, und ich habe ihn aufgehoben, und er war noch ganz körperwarm. Da wußte ich, daß du sehr spät ins Bett gegangen warst. Und noch etwas: Ich hatte dich gegen halb zehn angerufen, das heißt, ich hatte versucht, dich anzurufen. Ich wollte dich bitten, die Erbsen einzuweichen für das Mittagessen gestern. Dann habe ich es etwas später versucht, und du warst noch nicht da."

„Aber Mutti, warum hast du nichts gesagt?"

„Weil ich so innig hoffte und wünschte, daß du es sagen würdest, mein Kind."

Ich stand auf, ging hin zu Mutti und legte ihr die Arme um den Hals.

„Mutti, du bist einmalig!"

Mutti streichelte mir übers Haar. „Na, und wo hast du nun deine Schandtaten vollbracht, du böses Mädchen? Ich meine, wo hast du das Babysitten gemacht?"

„Ach, das war bei einer gewissen Familie Clausen in der Großen Steinstraße 14."

„Große Steinstraße 14 . . .", wiederholte Mutti. „Woher habe ich nur die Adresse? Wen kenne ich da? Ach, richtig, ich weiß. Dort wohnt ja der alte Herr Becker."

Ich merkte es selbst, wie meine Gesichtsfarbe sich sehr änderte in Richtung rötlich.

„Ja, das stimmt, Herr Becker wohnt da, aber er ist nicht alt. Er ist höchstens 23."

„Das wird der Enkel sein. Ich meinte den alten. Der arme alte einsame Herr Becker! Der war doch so glücklich, als sein Enkel vor ein paar Monaten kam, um bei ihm zu wohnen und ihn auf Lebzeiten zu versorgen. Du siehst mir aber so komisch aus, Moni! Hast du zufällig den Enkel kennengelernt?"

„Ja", sagte ich eifrig, „und das wollte ich dir gerade erzählen. Er ist ein feiner Kerl. Nun paß mal auf, Mutti, ich werde dir alles erzählen, wie es kam, und wie er mich rettete, als ich ganz kurz vor dem Verzweifeln war."

Dann erzählte ich von meinem Abend bei Familie Clausen, von dem kleinen französischen Schreihals, und wie Marc gekommen war und die Situation gerettet hatte. Ich erzählte auch, daß er gestern hiergewesen war und mein märchenhaftes Honorar gebracht hatte.

„Aber Mutti", fügte ich hinzu, „wie in aller Welt kommt es, daß du den Großvater von Marc Becker kennst?"

„Kennen tu ich ihn eigentlich nicht. Es war irgendeine Kollegin von mir, die zufällig von ihm erzählte. Der alte Mann tat mir leid. Er war ganz allein. Sein einziger Sohn ist im Krieg gefallen, und er saß da, ohne Familie. Weißt du, das Alleinsein ist eine Tragödie, Moni, wenn man alt und pflegebedürftig wird. Und mit den Altersheimen ist es nun nicht immer so, wie es sein sollte; hier in unserer Stadt schon gar nicht. Es sähe schlecht aus für den alten Herrn Becker, wenn der Enkel nicht gekommen wäre."

„Ach, jetzt begreife ich", sagte ich.

„Was begreifst du?"

„Ich begreife, daß Marc nachts arbeitet. Tagsüber muß er sich wohl um den Opa kümmern."

„Weißt du, was er tut?“

„Er macht Eisenbahnwagen sauber, nachts.“

„Respekt!“ sagte Mutti. „Aber siehst du, Moni, so was kann ein junger Mann tun, doch ein junges Mädchen, das noch zur Schule geht und die Absicht hat, sogar Abitur zu machen, das kann nicht nachts arbeiten, wie gern sie auch Geld sammeln und sparen möchte. Und mitten in der Nacht durch die Stadt sausen.“

„Nein, das ist mir auch langsam klargeworden“, sagte ich. „Übrigens, Mutti, Marc wird bestimmt gern einmal kommen, wenn du zu Hause bist.“

Mutti lächelte.

„Ja. Dann lade den jungen Mann nur ein, Moni, er soll mir herzlich willkommen sein. Als dein Vati sich in mich verliebte, war es nicht unbedingt sein erster Wunsch, meine Eltern kennenzulernen. Bei Marc Becker wird es anders sein, weil er selber keine Mutter hat. Aber zurück zu deinem Sparprogramm, Moni. Sparen ist schön und lobenswert, solange es mit Vernunft durchgeführt wird. Aber . . .“

„Bin ich denn unvernünftig, Mutti?“

„Ja, wenn du die Nächte mit Jobs verbringst statt zu schlafen!“

„Bitte, drück dich im Singular und nicht im Plural aus! Es war eine Nacht und keine Nächte, außerdem habe ich dir gerade versprochen, es nicht mehr zu tun.“

„Na gut, aber du solltest auch sonst nichts tun, was deine Schularbeit und deinen Tagesrhythmus stört! Und noch etwas: Daß du eifrig im Sparen bist, ist gut und positiv. Du darfst es nur nicht in Geiz ausarten lassen! Du darfst nicht besessen werden! So, jetzt will ich nicht mehr predigen, es steht mir bestimmt nicht. Ist noch ein Stück Topfkuchen da?“

Ich reichte Mutti die Kuchenplatte.

„Besessen“, wiederholte ich langsam. „Weißt du, Mutti, das ist es grade, was ich bin. Ich bin tatsächlich ein wenig besessen!“

„Ja, wenn du so weitermachst wie bisher, dann wirst du bestimmt mindestens dreihundert Fahrstunden bezahlen können", lachte Mutti.

„Marc Becker spart ganz eisern", erzählte ich.

„Auch für einen Führerschein?"

Ich schüttelte den Kopf. „Nein, das weiß ich nicht. Nein, ich glaube nicht. Ich glaube, er spart wohl für Dinge, die notwendiger sind."

„Das kann ich mir beinahe denken", sagte Mutti.

Dann schlug die Uhr fünf, und ich mußte an meine Schularbeiten denken.

Zu viel mehr als Schularbeiten kam ich nicht. Die Entdeckung, wieso ein Sparprogramm das ganze Dasein änderte, war merkwürdig. Ich hatte tatsächlich keine Zeit mehr, nachmittags mit meinen Freundinnen zusammenzusein. Kino, Konditoreien, so etwas war endgültig bei mir gestrichen. Es kostete mich manchmal schon Überwindung, zu Hause zu bleiben oder zu meinen kleinen Jobs zu gehen, wenn ich wußte, daß die anderen irgendwo zusammen waren. Aber dann sagte ich mir: Entweder – oder! Man kriegt nichts für nichts auf dieser Welt. – Und ich dachte an den Führerschein . . . und jeden Morgen, wenn Melitta kam und mich mit ihrem Rotkäppchen abholte, dachte ich an den Tag, an dem ich auch so ein kleines Autochen mein eigen nennen sollte. Dann wurde es gleich leichter, auf alle die kleinen Freuden zu verzichten, auf die ich eben verzichten mußte.

Es waren die merkwürdigsten Jobs, die ich ausführte, um hier und da ein paar Mark zu verdienen. Unsere Nachbarin bekam einen ganzen Segen an Fliederbeeren geschenkt und stellte mich an, sie von den Stielen zu befreien. Eine scheußliche Arbeit, wenn ich auch dabei lernen konnte. Ich hatte ein Buch neben mir und hörte mir selbst Vokabeln ab. Dann hatte ich eine Woche lang zwei Wellensittiche in Pflege. Das machte Spaß, und das Frauchen war großzügig mit dem Zahlen. Bei einer anderen Nachbarin verbrachte ich einen ganzen Nachmittag mit Silber putzen, gegen Stundenlohn.

Als es in der Nachbarschaft erst einmal bekannt wurde, daß ich kleine Jobs annahm, bekam ich allerlei Angebote. Die eine Mark kam zur anderen, und mein Bankkonto wuchs und wuchs.

Eines Tages holte ich tief Luft und vertraute Mutti an, wie weit mein Plan eigentlich ginge, daß ich nicht nur den Führerschein haben wollte, sondern einen Wagen.

Mutti schüttelte den Kopf. „Optimistisch bist du, das muß man dir lassen!" meinte sie lächelnd. „Aber ich werde dich nicht daran hindern. Wer weiß, es würde mich nicht wundern, wenn du es schafftest."

Dann fing ich an, ihr in glühenden Farben auszumalen, wie herrlich es sein würde, wenn ich erst ein Wägelchen hätte. Dann könnten Mutti und ich zusammen ins Ausland fahren. Ich erzählte ihr eine kunterbunte Mischung von allem, was Ruth und Inge und Melitta und meine anderen Freundinnen von ihren Auto-Urlaubsreisen erzählt hatten. Ich endete: „Und dann, Mutti, dann fahren wir zuletzt nach Rom. Heißt es nicht ‚Rom sehen und sterben'?"

„Es heißt allerdings ‚Neapel'", sagte Mutti trocken. „Aber das spielt keine Rolle. Ich komme schon mit nach Rom. Und übrigens, willst du es bei Rom belassen? Eines Tages lädst du mich wohl nach Australien ein."

„Aber Mutti, nach Australien kann man doch nicht per Auto fahren."

„So eifrig wie du bist, gibst du wohl keine Ruhe, bis du ein Privatflugzeug hast!"

Da mußte ich lachen. „Gut, Mutti, wenn es soweit ist, dann sollst du mit nach Australien kommen."

„Was ist eigentlich mit dir los, Moni?" fragte Melitta am folgenden Tag, als wir zur Schule fuhren.

„Mit mir? Gar nichts ist los. Was meinst du?"

„Man sieht dich ja gar nicht mehr", sagte Melitta, „außer in der Schule. Was machst du den ganzen Nachmittag?"

Melitta nahm eine Sekunde die Augen von der Straße und warf mir einen schnellen Seitenblick zu.

„Moni, hast du einen Freund?"

„Ja und nein, ja, ich habe einen Freund, aber den habe ich lange nicht gesehen."

„Das ist ja schade. Aber Moni, dann bringe ihn doch mit! Ruth und Thomas und Michael und ich, wir gehen heute tanzen. Komm doch mit! Sei nicht so langweilig. Man vergißt ja beinahe, wie du aussiehst."

Da mußte ich lachen. „Na, davon kannst du dich ja jeden Tag in der Schule überzeugen, wenn du Wert darauf legst. Im Ernst, Melitta, das wäre natürlich furchtbar nett, aber weißt du, ich kann nicht."

„Kann nicht und kann nicht, das ist das einzige, was man zur Zeit von dir hört. Du bist schrecklich langweilig geworden, Moni."

Bei Melittas Worten fühlte ich einen Stich im Herzen. Langweilig geworden! Ich hatte nicht damit gerechnet, daß mein Sparprogramm mich in diesen Ruf bringen würde. Ich konnte aber nichts darauf antworten; diese Antwort mußte überlegt werden, und bevor ich sie mir zusammengestellt hatte, waren wir schon da, und Melitta parkte den Wagen vor der Schule.

Vielleicht war es eine Einbildung von mir, aber ich hatte an diesem Tage das Gefühl, daß etwas anders geworden war zwischen meinen Freundinnen und mir. Die Worte, die Melitta im Auto gesagt hatte, wollten mir nicht aus dem Kopf. War ich wirklich so todlangweilig geworden? Hatte ich mich so total verändert? Sonst war ich nie eine Außenseiterin gewesen. Zugegeben, meine Freundinnen hatten zum größten Teil mehr Geld als ich. Sie hatten Väter in guten Stellungen. Sie hatten ihre Wagen. Sie konnten sich mehr leisten als ich. Aber trotzdem – ich hatte mich doch immer wohl gefühlt unter ihnen. War das nun alles anders geworden, nur weil ich sie nicht mehr des Nachmittags traf wie früher? Oder weil ich kein Geld mehr ausgeben wollte?

In der großen Pause zogen Ruth und Inge und Melitta sich zurück und tuschelten zusammen in einer Ecke. Gerade die drei, mit denen ich immer zusammen gewesen war, die drei, mit denen ich mich immer am besten verstanden hatte. Ich stand und fühlte mich ziemlich allein. Ich machte das Päckchen mit den Schulbroten auf. Außer den Broten enthielt es auch zwei Stücke Sandtorte. Mutti hatte es mir gestern abend zurechtgelegt. Ich stand da und kaute an meinem Brot herum. Da kam Jutta vorbei. Sie war auch allein.

„Hallo, Jutta“, sagte ich, „möchtest du ein Stück Sandtorte?“

Sie warf mir einen forschenden Blick zu und lächelte ein bißchen. Aber es war kein hübsches Lächeln.

„Deine Großzügigkeit ist überwältigend“, sagte sie. Wieso diese plötzliche Freundlichkeit?“

„Jutta“, sagte ich. „Sei doch nicht so, ich habe doch nie etwas gegen dich gehabt.“

„Oh, ich heule gleich vor Rührung. Du hast dich wohl mit den drei anderen verkracht? Da ich plötzlich gut genug bin.“

„Ich habe mich mit niemandem verkracht, aber die drei scheinen irgend etwas vorzuhaben, das mich nichts angeht. Das ist doch eine ehrliche Sache. Und da du hier allein stehst und ich hier allein herumstehe . . . warum können wir nicht zu zweien herumstehen? So komm nun, nimm ein Stück Torte. Sie ist wirklich gut. Meine Mutti kann nämlich backen.“

„Na ja, meinetwegen.“ Sie nahm ein Stück. „Danke“, murmelte sie. Sie aß langsam. Ich sah, wie sie es genoß. Ich wußte ja, daß Jutta selten Leckereien zu essen bekam.

Ein Gespräch wollte aber nicht zustande kommen. Das war nun mal so, wir hatten eben wenig Kontakt, Jutta und ich. Sie hatte es bestimmt nicht leicht in der Klasse. Sie hatte es viel schwerer als ich – wegen der schlechten Finanzen zu Haus. Aber Jutta war komisch. Es war, als ob sie sich dadurch rettete, daß sie spöttisch und überlegen tat und oft unfreundliche Antworten gab. Jutta hatte ein kluges Köpfchen, und sie verfügte über einen großen Wortschatz;

manchmal konnte sie Antworten geben, die so treffend und so verletzend waren, daß sie richtig weh taten, gerade weil sie immer den wunden Punkt traf.

Dann kam noch etwas dazu. Das hatte nicht mit Jutta selber zu tun, sondern mit ihrem Bruder Walter. Er war ein paar Jahre älter als Jutta. Ein abscheulicher Kerl, ich hatte ihn nie ausstehen können, und hatte ihn ein paar Jahre gemieden, so gut es ging. Immer ging es nicht, dazu ist unsere Stadt zu klein! Er war vorlaut und frech – „so ein scheußlicher Halbstarker", sagten die Leute, wenn Walter Branders Name erwähnt wurde.

Ob Jutta wußte, was damals vor etwa einem Jahr mit Walter und mir passiert war?

Nun, es war kein großes Ereignis, aber unangenehm genug. Ich hatte einen Nachmittag mit Inge zusammen die Schularbeiten gemacht und ging gegen Abend nach Hause. Ich trug drei Schulbücher in der Hand, die mit einem Riemen zusammengeschnallt waren. Unterwegs hörte ich Schritte hinter mir, eine Hand wurde auf meine Schulter gelegt, und ich hörte Walters Stimme:

„Ei ei, ein so hübsches Mädchen ganz allein so spät? Dich muß man wohl nach Hause bringen?"

„Das mußt du gar nicht, Walter. Ich gehe sogar sehr gern allein."

„Aha, dann haste wohl eine Verabredung, was? Den möchte ich mal sehen."

„Laß mich in Ruhe und rede keinen Unsinn!" Ich trat zur Seite, als er versuchte den Arm um meine Schultern zu legen.

Ich wurde ihn nicht los. Ich ging schnell, und er blieb neben mir.

Vor unserem Gartentor hielt er mich fest.

„So, nun bedanke dich schön für Schutz und Begleitung. Oder lädst du mich noch ein?"

„Ja, wenn Ostersonntag in die Weihnachtswoche fällt. Laß mich nun endlich in Ruhe!"

Er zog mich näher an sich, ich merkte seinen Atem gegen mein Gesicht. Ich war wütend. Wie konnte er es wagen, der freche Kerl?

Er kam nicht dazu, mich zu küssen. Es gelang mir, meinen rechten Arm frei zu machen. Mein Bücherpaket schlug ich direkt an seinen Kopf.

Es war nicht meine Absicht, ihm ernstlich weh zu tun, und ich konnte nichts dafür, daß eine Buchecke ihn ins Auge traf. Er fluchte laut, ließ mich los, und ich rannte ins Haus.

Zwei Tage später sah ich ihn mit einer schwarzen Augenklappe auf der Straße. Aber nach einer Woche sah er wieder ziemlich normal aus. Ich atmete erleichtert auf.

Diese Geschichte flog mir durch den Kopf, als Jutta und ich dastanden und unsere Sandtorte kauten. Ob Jutta wohl Bescheid darüber wußte? Wahrscheinlich nicht. Niemand hatte uns gesehen, und Walter hatte es wohl der Schwester kaum erzählt. Er hatte bestimmt irgendeine Erklärung für sein verletztes Auge erfunden.

Aber diese Geschichte trug ja nicht gerade dazu bei, die Freundschaft zwischen Jutta und mir zu fördern. So blieben wir da stehen, ohne mehr Worte zu wechseln, bis es zur nächsten Stunde läutete.

Als die Schule aus war, wanderte ich in die Stadt. Ich ging die mir jetzt gut bekannte Straße zur Bank. Schon wieder hatte ich zehn Mark zusammengekratzt. Nachher mußte ich an der Post Briefmarken holen. In der Tür stieß ich mit Ruth und Melitta zusammen.

„Sieh mal an", sagte Melitta. „Da ist bestimmt noch eine, die Zahlkarten für die Fernsehlotterie holen will."

„Eigentlich nicht, aber das wäre vielleicht eine Idee! Vielleicht gewinne ich."

Drinnen im Postamt war es proppenvoll. Eine lange Menschenschlange – hauptsächlich alte Menschen – stand dort.

„Ach, Kinder", sagte Melitta. „Es ist ja Zahltag für die Rentner! Na, dann kommt man, unsere Zahlkarten kriegen wir an dem anderen Schalter." Aber ich blieb stehen. Mitten in der Schlange, zwischen zwei alten Frauen, sah ich eine bekannte Gestalt. Ich lief auf sie zu.

„Marc, bist du es? Ich habe dich ewig nicht gesehen. Warum zeigst du dich nicht bei uns?"

Marc lächelte ein bißchen befangen. „Sollte ich das denn, Moni? Von mir hören lassen? Ich dachte, daß du vielleicht ..."

„Ja", sagte ich. „Ich wollte von mir hören lassen, aber ich wollte warten, bis Mutti wieder Vormittagsdienst hat. Noch hat sie Nachtdienst, aber ab Montag ist es soweit, und dann wollten wir dich einladen, falls du Zeit hast und Lust zu kommen!"

„Zeit habe ich ja eigentlich sehr wenig", sagte Marc. „Aber du weißt, abends ein paar Stunden, bevor ich zu meinen Waggons gehe, kann ich mich schon freimachen."

„Großartig, Marc, dann könntest du vielleicht Abendbrot bei uns essen. Wollen wir gleich einen Tag verabreden? Mutti ist das recht, das weiß ich. Montag fängt ihr Vormittagsdienst an. Wie wäre es mit Dienstag?"

„Ja, tausend Dank, sehr gern natürlich, wenn es deiner Mutter ganz bestimmt recht ist?"

„Ist es, Marc, ganz bestimmt. Du", ich sprach leiser –, „ich habe genau das gemacht, was ich dir versprochen hatte ... am nächsten Tag. Ich habe Mutti alles erzählt – auch von dir, und sie sagte, du seiest bei uns sehr herzlich willkommen."

Marc lächelte. „Ist aber nett, Moni. Ich freue mich darauf."

Ich sah ihn an. Es war das erste Mal, daß ich ihm bei Tageslicht begegnete. An dem Abend, als wir uns kennenlernten, fiel es mir nicht auf, daß er in einem alten Pullover herumging und in einer Hose, die vielleicht zu Hause in der Einsamkeit berechtigt war. Jetzt trug er dieselbe Hose und denselben Pullover. Das Gesicht war blaß, und seine Hände trugen deutliche Spuren seiner nächtlichen harten Reinemache-Arbeit.

„Was tust du eigentlich hier, Marc?" fragte ich.

„Oh, ich hole die Rente für meinen Opa. Er kann es nicht mehr selbst. Er ist eben zu alt geworden. Es geht ihm auch nicht besonders gut zur Zeit. Ach, das habe ich dir wohl nicht erzählt. Ich wohne mit meinem Großvater zusammen und kümmere mich ein bißchen um ihn."

„Doch, das weiß ich, Marc", sagte ich. „Mutti wußte das durch eine Bekannte. Sie kannte den Namen deines Großvaters. Ist er krank? Das tut mir aber leid."

„Mir auch", sagte Marc leise. „Aber nun laß deine Freundinnen nicht länger warten, Moni. Ich freue mich auf Dienstag. Ist es recht, wenn ich gegen halb acht komme?"

„Ja, wunderbar. Paßt großartig. Wir trinken um diese Zeit immer Tee, und dann sehen wir uns die Nachrichten an. Danach haben wir noch Zeit zum Plaudern, bevor du zu deinen ollen Eisenbahnwagen mußt."

Ich reichte Marc die Hand. Seine war hart und rauh. Ich weiß nicht, woher das kam, aber plötzlich überkam mich eine große Zärtlichkeit bei seinem Händedruck. Ich wäre so gern recht nett zu ihm gewesen.

Ich drehte mich um, und jetzt erst bemerkte ich, daß Ruth und Melitta nur ein paar Meter weit weg standen. Sie hatten wahrscheinlich unser ganzes Gespräch mit angehört. Jedenfalls guckten sie Marc sehr aufmerksam an.

„War das dein Freund, Moni?" fragte Melitta, als wir draußen auf der Straße waren.

„Ja", sagte ich, „das war er."

„Du hast jedenfalls einen sehr originellen Geschmack", lächelte Melitta.

Vielleicht war es nicht boshaft gemeint, aber mir tat es weh.

„Wenn du ihn kenntest, würdest du mich direkt beneiden", sagte ich. „Er ist ein durch und durch feiner Kerl, daß du es weißt."

„O bewahre. Das habe ich doch keine Sekunde bezweifelt", sagte Melitta. „Aber jetzt begreife ich, warum du nicht geneigt bist, mit ihm zum Tanzen zu gehen. Na, tschüß, Moni ... und viel Vergnügen mit deinem Rentenempfänger!"

Die Tränen traten mir in die Augen. Ich war froh, daß ich mich auf und davon machen konnte, daß das rote Wägelchen auf der anderen Straßenseite geparkt war. Ich lief schnurstracks nach Haus, und ich war wütend.

Sie konnten mir gestohlen bleiben, die mit ihren Wagen, mit ihren Freunden. Sie konnten mir überhaupt gestohlen bleiben. Ich wollte es ihnen schon zeigen! Ein bißchen Zeit noch, ein bißchen Zeit . . . dann wollte *ich* im eigenen Wagen angerollt kommen. Und was Marc betraf – ja, was ihn betraf, da war ich überzeugt, daß er eines Tages ganz anders aussehen würde als heute in seinem alten Pullover und seiner ungebügelten Hose.

Aber – verstehe es, wer kann – gerade so mochte ich ihn schrecklich gern. Gerade so – in der alten Hose und in dem abgetragenen Pullover – und mit den harten, rauhen, verarbeiteten Händen.

„Na, Moni, was hast du? Du siehst so . . . hast du was erlebt?"

„Ach", sagte ich, „das auch, ja." Und dann platzte alles aus mir raus. Ich erzählte von Marc und Melitta und Ruth.

Mutti lächelte ein bißchen. „Ach, Monikind, das solltest du nicht so furchtbar schwer nehmen. Melitta ist ein nettes Mädchen. Sie würde dich nie absichtlich verletzen. Denke doch daran, was für unvorsichtige, unüberlegte Sachen du selbst manchmal gesagt hast. Darüber kommst du schon hinweg. Glaub mir, das bedeutet wirklich gar nichts."

Mutti hat eine wunderbare Fähigkeit, andere Menschen zu beruhigen und ihr Lächeln wieder hervorzulocken. Nach ein paar Stunden dachte ich auch wieder anders. Mutti hatte bestimmt recht. Melitta meinte es gar nicht so schlimm. Sie wollte mich bestimmt nicht verletzen.

Am folgenden Morgen regnete es in Strömen. Jetzt hatte ich wirklich Glück, daß ich mit dem kleinen Wagen abgeholt wurde. Mein Fahrrad hatte einen Plattfuß, und zu laufen – den weiten Weg zur Schule –, dazu hatte ich wirklich keine Lust. Aber wo blieb eigentlich Melitta? Es war schon reichlich spät. Ich wartete noch etwas. Ich stand in der Tür, suchte Schutz gegen den Regen, aber zuletzt wagte ich nicht mehr zu warten. Vielleicht war Melitta krank. Doch dann hätte sie mich wohl angerufen. Na, wie dem auch sei, ich mußte los, und das ein bißchen dalli!

Der Regen prasselte gegen meinen Mantel und peitschte mir ins Gesicht. Bei den Schrebergärten – ein bißchen von unserem Haus entfernt – schlug ich einen verkürzten Weg ein. Da führt ein Fußpfad zwischen den Gärten entlang und dort lief ich durch. Es war furchtbar matschig. Ich lief auf dem schmalen Grasstreifen an der Seite, damit meine Schuhe nicht allzu dreckig wurden. Plötzlich hörte ich Motorengeknatter hinter mir. Dieses aufdringlich laute Geräusch eines Mopeds, das rücksichtslos gefahren wird. So eine Frechheit, hier zu fahren, wo doch deutliche Verkehrszeichen zeigten, daß der Pfad nur für Fußgänger war. Jetzt war es dicht hinter mir. Weiter zur Seite konnte ich nicht gehen. Ich befand mich ja schon auf dem Grasstreifen. Neben mir auf dem Pfad war eine große Pfütze, und durch diese fuhr der Mopedist mit einer Riesengeschwindigkeit. In der nächsten Sekunde war ich von oben bis unten mit Matsch bespritzt.

„Altes Ferkel!" rief ich wütend. Er drehte den Kopf und grinste. Jetzt sah ich, wer es war. Es war Walter Brander.

Nun sieh einer an, der hatte sogar ein Moped gekriegt! Der Kuckuck mag wissen, woher er das Geld dafür hatte. Es sah ihm ähnlich, aus lauter Bosheit so zu fahren und meinen hübschen neuen Regenmantel vollkommen zu ruinieren. Ich hätte heulen können.

Ich machte bestimmt keine reizende Figur, als ich einige Minuten später durch das Schultor rannte – mit nassen, strähnigen Haaren, mit nassem Gesicht und in einem Mantel, der über und über mit Matsch bespritzt war – und obendrein ganz außer Atem.

Die erste Stunde hatte natürlich angefangen. Ich entschuldigte mich damit, daß ich unterwegs von einem Mopedfahrer beinahe angefahren worden wäre. Ich sagte kein Wort darüber, daß ich auf

Melitta vergeblich gewartet hätte. Warum sollte ich auch! Ich würde nur mich selbst dadurch lächerlich machen.

Melitta saß auf ihrem Platz – hübsch und gepflegt wie immer. Einen Moment trafen sich unsere Augen, dann guckte sie schnell weg. Eigentlich hatte ich ein paar Worte auf der Zunge, die ich ihr gern gesagt hätte, aber – was hätte ich davon? Sie würde sich natürlich verteidigen, und dann würden scharfe und unfreundliche Worte fallen. Nein, besser nicht. Jetzt wußte ich ja Bescheid. Sie fühlte sich nicht verpflichtet, mich abzuholen. Sie war es ja auch nicht. Ich meinte nur, sie hätte mir Bescheid geben müssen. Also sagte ich ihr nichts. Aber in der Pause ging ich in die Garderobe und sah mir wieder die Bescherung an. Ich ging zur Wasserleitung und versuchte, den Schaden ein bißchen zu beseitigen. Während ich dastand, kam Jutta.

„Na, da hast du Pech gehabt."

„Kann man wohl sagen", sagte ich, und schon hatte ich den Mund aufgemacht, um zu sagen: „Das habe ich deinem feinen Bruder zu verdanken", aber im letzten Augenblick schluckte ich die Worte hinunter. Daß Jutta von sich aus zu mir kam und eine kleine ‚Beinahe'-Freundlichkeit sagte, das war etwas, das ich nicht zerstören durfte. Und Jutta konnte ja nichts dafür, was ihr Bruder machte.

„Wie ist es bloß passiert?" fragte Jutta.

„Ja, das frage ich mich auch", sagte ich. „Ich lief da durch die Schrebergärten – du weißt – auf dem Fußpfad. Da kam so ein Ferkel von Mopedfahrer und fuhr so schnell und absichtlich so dicht an mir vorbei, daß er mich über und über mit Matsch bespritzte."

„Wer mag das wohl gewesen sein?" fragte Jutta.

Ich zuckte die Schultern.

„Was weiß ich? Es ging alles so furchtbar schnell. Das Moped war blau, soviel wie ich gesehen habe."

Es kam mir so vor, als ob Jutta irgendwie schluckte.

„Es gibt ja so viele blaue Mopeds", sagte sie zuletzt.

„Haufenweise!“ stimmte ich zu. „Aber nicht so viele Mopedfahrer, die auf einem Fußpfad fahren, wo es verboten ist.“

Darauf antwortete Jutta nichts. Sie guckte mich an und sagte: „Moni, dein Gesicht hat auch etwas abgekriegt. Es ist wohl besser, wir gehen in den Waschraum. Komm, ich nehme dir den Mantel ab.“

Ja, wahrhaftig, ich hatte auch einen Spritzer auf der Nase und einen auf der Backe. Während ich mit Hilfe des Taschentuches mein Gesicht wusch, guckte Jutta sich die Bescherung mit dem Mantel an.

„Weißt du, Moni, es ist besser, du läßt alles trocknen und versuchst es dann mit einer Bürste. Schade, der Mantel sieht ganz neu aus.“

„Ist er auch“, sagte ich. „Ich trage ihn zum ersten Mal. Es war mein Geburtstagsgeschenk von Mutti.“

Jutta sagte nichts mehr, sie hängte den Mantel nur sorgfältig auf. Als wir zurück in den Klassenraum kamen, bevor der Lehrer erschienen war, drehte ich mich um und rief:

„Kinder, wer von euch hat Papiertaschentücher? Ich habe mein Gesicht mit meinem Taschentuch waschen müssen, und jetzt müßte ich unbedingt die Nase putzen.“

Melitta kramte in ihrer Tasche und reichte mir ein ganzes Paket. Sie sah mich an und sagte:

„Du hättest dich nicht so sicher auf mich verlassen sollen, Moni. Heute bin ich einen anderen Weg gefahren.“

„Verstehe ich“, sagte ich. „Du hast mich eben ein bißchen verwöhnt. Weißt du, es wäre natürlich furchtbar nett gewesen, wenn du mich angerufen und mir Bescheid gesagt hättest.“

„Bin ich vielleicht verpflichtet, dir Rechenschaft abzulegen, wo und wann und wohin ich fahre?“ Melittas Stimme klang herausfordernd.

„Gar nicht“, sagte ich. „Vielen Dank für das Taschentuch. Bitte, hier ist der Rest zurück. Ich brauche nur das eine.“

Nun kam Studienrat Müller, und der Unterricht fing an. Ich dachte bei mir: Warte nur, warte nur, vielleicht schaffe ich es, während wir noch zur Schule gehen. Vielleicht komme ich in einem eigenen Wagen zu den Abitur-Prüfungen angerollt!

Ich verbrachte den halben Nachmittag damit, meinen Mantel zu säubern. Es wurde nicht so wie in einer chemischen Reinigungsanstalt. Aber sieben Mark für eine chemische Reinigung zu bezahlen wegen Juttas ungezogenem Bruder, nein, dazu war mein Geld mir doch zu teuer.

Doch ich hatte das Gefühl, daß ich an diesem Tage viel gelernt hatte. Ich hatte viel gelernt über Freundschaft und über Ehrbegriffe und über fehlende Freundschaft und fehlende Ehrbegriffe.

Außerdem war es mir klargeworden, daß meine Sparpolitik noch viel größere Opfer von mir verlangen würde, als ich mir im voraus gedacht hatte. Aber jetzt war ich eifriger denn je, es durchzuführen. Und dann könnten sie mir alle gestohlen bleiben. Alle – außer Marc.

Mutti und Marc

Zwei Tage später – am Montag – konnte ich gemütlich wieder mit Mutti frühstücken. Ich stand dann eine halbe Stunde früher auf, und wir hatten eine Viertelstunde in aller Ruhe für uns, bevor Mutti zum Dienst mußte. Danach hatte ich eben Zeit genug, um schnell abzuwaschen, bevor ich zur Schule lief; denn Melitta kam nicht mehr, das war mir klar. Es war mir auch klar, warum. Sie fuhr einen Umweg – sogar einen ziemlich weiten Umweg – und holte jetzt Ruth morgens ab. Na ja, meinetwegen.

Dann wurde es Dienstag, es wurde Dienstag nachmittag, und es wurde Dienstag abend, und es klingelte, und da stand Marc. Als ich ihn sah, wurde mir klar, wie sehr ich mich auf diesen Augenblick gefreut hatte.

Er trug diesmal nicht die alte Hose und nicht den abgeschabten Pullover, er trug einen dunklen Anzug. Der saß ein bißchen knapp, als ob er ihn angeschafft hatte, solange er jünger und kleiner und schlanker war. Er hielt einen kleinen Blumenstrauß in der Hand. Schon hatte ich die Hand ausgestreckt, aber ich bekam nur einen Händedruck. Die Blumen behielt er. Wir wechselten nur ein paar Worte, und ich machte die Tür zum Wohnzimmer auf.

„Mutti, dies ist also Marc, Marcus Becker."

Es war nicht das erste Mal, daß ein junger Mann bei uns zu Haus zu Gast war – ich hatte ja Schulkameraden, und auch die älteren Brüder meiner Freundinnen waren bei uns zu Haus gewesen. Aber nie hatte ich einen männlichen Gast gehabt, der sich so benommen hatte wie Marc. Plötzlich war er erwachsen. Er war ruhig, er wußte genau, was er machen sollte, und er machte es vollkommen natürlich und unbefangen. Er beugte sich über Muttis Hand. Sie sagte ein paar freundliche Worte. Er nannte sie „gnädige Frau", und er überreichte ihr den kleinen Blumenstrauß mit einem Lächeln und mit den Worten: „Ein ganz kleiner Gruß aus unserem Schrebergarten, gnädige Frau. Nicht viel, aber dafür ganz frisch, erst vor einer halben Stunde geschnitten."

Wie nett von ihm! So konnte Mutti sich über die Blumen freuen, ohne den Gedanken, daß er etwas von seinem sauer verdienten Geld in einem Blumengeschäft angelegt hatte.

Ich mußte immer staunen. Als es zu Tisch ging, schob Marc Muttis Stuhl zurecht und setzte sich erst, als Mutti saß. Und keine weißen, gepflegten, adeligen Hände hätten Messer, Gabel und Serviette korrekter handhaben können als Marcs Arbeitsfäuste es taten.

Mutti fragte, wie es seinem Großvater ginge.

„Danke, leider nicht sehr gut", sagte Marc. „Kennen Sie meinen Großvater, gnädige Frau?"

„Eigentlich nicht", sagte Mutti. „Aber seit ich vor ein paar Monaten vertretungsweise Schalterdienst in der Telegramm-

Annahme machte, weiß ich, daß Ihr Großvater eines Tages kam und ein Telegramm abschickte. Ich kann mich daran erinnern, weil ich ihm mit ein paar Kürzungen behilflich sein mußte, und weil es ihm anscheinend neu und unbekannt war, ein Telegramm zu senden."

Marc lächelte. „Ja, das kann man wohl sagen. Opa hat bestimmt nicht viele Telegramme in seinem Leben abgeschickt. Ich wette, daß es ein Telegramm war, das mich anging. Vielleicht war es sogar das Telegramm an mich, ob ich zu ihm kommen könnte."

„Ja", sagte Mutti, „genau das war es."

„Ach, Mutti", sagte ich, „und das hast du mir gar nicht erzählt!"

„Natürlich habe ich das nicht erzählt", sagte Mutti. „Weißt du nicht, daß eine Postbeamtin Schweigepflicht hat?"

„Ach, du liebe Zeit, was du alles mit dir herumträgst an Wissen, von dem ich gar nichts ahne."

„Allerdings", sagte Mutti, „das tue ich, genau wie ein Arzt. Du weißt doch, Moni, daß wir Schweigepflicht haben."

„Ja, eigentlich weiß ich das, ich frage ja auch nicht."

„Nein", sagte Mutti. „Das wäre noch schöner und würde auch nichts nützen, du würdest doch keine Antwort bekommen."

Dann wandte sie sich wieder an Marc: „Wissen Sie, ich freue mich richtig für Ihren Großvater, daß Sie kommen konnten. Offen gestanden, damals, als er das Telegramm abgegeben hatte, da erzählte er mir in seiner Aufregung – ja, er war aufgeregt –, daß es sich um seinen einzigen Enkel handelte, einen Enkel, von dessen Existenz er bis dahin nichts geahnt hatte."

„Was?" rief ich. „Wußte er nicht, daß du auf der Welt bist, Marc?"

„Nein, er wußte es nicht. Ich wußte auch nicht, daß ich einen Großvater hatte. Ach, das ist eine lange und langweilige Geschichte. Sprechen wir von was anderem."

„Gar nicht", sagte ich. „Das klingt ja wie ein Roman."

„Nein, das ist kein Roman", sagte Marc. „Das ist eben die merkwürdige und traurige Wirklichkeit, so wie sie manchmal vorkommt nach einem Krieg, und wenn man das Unglück hat, die Eltern so früh zu verlieren wie ich. Weißt du, nach einem Krieg kommt alles ein bißchen durcheinander. Und wenn man nicht das Rote Kreuz gehabt hätte und den Suchdienst im Rundfunk und solche Sachen, na, dann hätte ich vielleicht bis jetzt nicht gewußt, daß ich einen Opa habe. Und übrigens", fügte Marc hinzu, und jetzt sprach er ganz leise, „übrigens fürchte ich, ich werde ihn auch nicht allzu lange haben. Mein Großvater weiß selbst nicht, wie krank er ist, und ich bin sehr froh, daß ich noch rechtzeitig zu ihm kam."

Es trat eine kleine Pause ein. Dann sagte Mutti:

„Und Sie haben Ihre ganze Arbeit abgebrochen, um zu Ihrem Großvater zu kommen?"

„Meine Arbeit mußte ich sowieso abbrechen", sagte Marc. „Ehrlich gesagt, war mir das sehr willkommen. Nicht nur, daß ich zu meinem Großvater kam, sondern daß ich überhaupt irgendwo hinkam. Ich hatte ein paar Semester Volkswirtschaft studiert und wollte gern das Staatsexamen machen, und dann wurde ich krank. Da ging das Geld aus, na ja, das eine kam zum anderen, und Opas Telegramm erschien genau im richtigen Augenblick."

„Das muß aber ein großer Übergang gewesen sein, Marc", sagte ich, „sich von Volkswirtschaft auf Eisenbahnsaubermachen umzustellen?"

Marc lächelte. „Ach, in diesem Punkt bin ich ziemlich elastisch. Ich habe so viele seltsame Jobs gehabt in meinem Leben. Auf ein paar dreckige Eisenbahnwagen mehr oder weniger kommt es bei mir nicht an. Außerdem ist es eine sehr praktische Arbeit für mich; denn die kann ich machen, während Opa schläft. Tagsüber ist er immer froh, wenn er mich bei sich hat, und ich bin ebenso froh, daß ich bei ihm sein kann. Es ist ein merkwürdiges Gefühl, einen Menschen nicht mit Namen anzureden, sondern mit – ja, wie heißt es? – mit der Bezeichnung des Verwandten-Verhältnisses, wenn du willst. Ich habe nie einen Menschen Mutter oder Vater genannt. Nun ist es doch sehr schön, endlich, nachdem man dreiundzwanzig

Jahre alt geworden ist, einen Menschen Opa nennen zu können. Aber Moni, Menschenskind, was ist mit dir los?"

Ja, Marc mochte wohl fragen, saß ich doch da und weinte dicke Tränen. Schrecklich, so dicht am Wasser gebaut zu haben.

„Ich kann nichts dafür, Marc", stammelte ich und wischte mir die Augen ab. „Kümmere dich nicht drum. Erzähl bitte weiter."

„Da gibt es nichts weiter zu erzählen, Moni. Ich bin eben beim Großvater. Ich bin glücklich über jeden Tag, den ich mit ihm zusammen sein kann. Wir haben uns gegenseitig noch so viel zu erzählen von unserem Leben."

„Aber sag mal, Marc", unterbrach ich ihn, „wie in aller Welt kam es, daß er nicht wußte, daß du auf der Welt bist?"

„Ach, das ist schon erklärlich. Er wußte ja, daß sein Sohn geheiratet hatte, aber er wußte nicht, daß ein Kind unterwegs war. Wir beide, Monika, haben jene Zeit nicht erlebt, aber frage deine Mutter." Er nickte Mutti mit einem kleinen Lächeln zu. „Sie wird es dir erzählen können, wie es damals war: Schwierig mit der Post, unmöglich zu reisen, die Familiennachrichten kamen spärlich. Es war alles ein Durcheinander. Großvater bekam zuletzt zu wissen, daß sein einziger Sohn gefallen sei. Er wußte nicht, wo seine Schwiegertochter geblieben war. Er kannte sie nicht einmal. Sie saß ja in Berlin und er in diesem kleinen abgelegenen Nestchen hier. Erst viel später erfuhr er, daß sie damals in Berlin ums Leben gekommen war. Und – wie gesagt – von dem Baby wußte er überhaupt nichts."

Wieder trat eine Pause ein. Dann sagte Mutti:

„Aber, Herr Becker, ich hoffe doch, daß Sie später Gelegenheit haben werden, Ihr Studium zu vollenden."

„Ja, das hoffe ich auch", sagte Marc. Er warf mir einen lächelnden Seitenblick zu. „Das ist es nämlich, wofür *ich* Geld in das Sparschwein stecke." Er richtete wieder die Augen auf Mutti. „Aber vorläufig habe ich das mit dem Studieren auf die lange Bank geschoben. Ich hoffe sogar, daß die Bank sich als länger erweisen wird, als es jetzt aussieht. Ich meine nämlich: Solange Opa noch lebt, bleibe ich bei ihm, und nachher werde ich mal sehen, wie es wird. Es klingt ja schrecklich, wenn ich es sage, aber so wie ich jetzt lebe, ist es tatsächlich ein Wettrennen mit dem Tode – mit Opas Tod. Solange Opa lebt, habe ich eine Wohnung, habe ich mein Essen, und vor allem: ich habe einen Menschen, der zu mir gehört. – Wenn Opa eines Tages nicht mehr da ist, nun ja, dann hoffe ich, daß ich recht viel Geld zusammengespart habe. Wahrscheinlich kriege ich auch eine Studienhilfe – damit kann ich wohl rechnen –, und dann muß man eben sehen. So, und nun wird nicht mehr von mir gesprochen. Jetzt soll Moni lieber erzählen, wie es in der Schule geht. Verstehst du nun etwas von ‚en' und ‚y' im Französischen?"

„Ja", rief ich, „das verstehe ich jetzt ohne Schwierigkeit. Ich kann nur nicht begreifen, daß du so gut Französisch kannst. Du wirst gewiß das Abitur gemacht haben, soviel verstehe ich, und dann, nach ein paar Monaten in Paris als Kellner kannst du so gut Französisch?"

Marc lächelte.

„Na, so sehr gut kann ich es gar nicht, aber ich komme eben zurecht, und die Grammatik, nun ja, in der Schule machte es mir merkwürdigerweise Spaß."

„Ach richtig, Moni", sagte Mutti und kramte in ihrer Tasche. „Das habe ich vergessen dir zu zeigen. Hier . . . wir haben eine Karte von Opa!"

Ich nahm die Karte.

„Weißt du", erklärte ich Marc. „Ich habe nämlich auch einen Opa. Der ist aber sehr rüstig. Der ist augenblicklich in Afrika. – Ach nee, guck, was für eine hübsche Briefmarke!"

Ich reichte ihm die Karte, mit der Rückseite nach oben. Er betrachtete erst die Briefmarke und dann Opas Schrift.

„Dein Opa schreibt noch die deutschen Buchstaben", sagte er.

„Ja, das macht er. Deswegen oder seinetwegen habe ich die deutschen Buchstaben lernen müssen."

Marc guckte mich plötzlich an:

„Sag mal, sind die deutschen Buchstaben dir ganz geläufig?"

„Ich denke schon. Warum fragst du?"

„Ich denke über etwas nach. Es ist möglich, daß ich dir einen Job verschaffen könnte, etwas, das du hier zu Hause machen könntest. Du brauchtest nicht bis fünf Uhr morgens auf Schreikinder aufzupassen." Das letzte sagte er mit einem Lächeln.

„Was für eine Arbeit denn, Marc?"

„Eine Abschreibarbeit, aber es ist noch nicht sicher. Ich werde mal sehen. Hast du eine Schreibmaschine im Hause?"

„Ja", nickte Mutti. „Ich besitze eine. Und mir wäre es schon lieb. Daß Moni Geld verdienen will, das weiß ich, und ich sehe ein, daß ich das nicht ändern kann. Aber wenn sie es in den eigenen vier Wänden verdienen könnte, wäre mir das sehr recht."

„Also gut!" sagte Marc. „Ich werde einen . . . kurz, ich werde eben einen Brief schreiben, und ich gebe Bescheid, sowie ich die Antwort habe. Versprechen kann ich nichts, aber möglich ist es."

Er guckte auf die Uhr. „Ach, du liebe Zeit . . . bald zehn Uhr! Dann muß ich mich beeilen. Ich muß nach Opa gucken, bevor ich zu meinen Eisenbahnwagen gehe, und außerdem muß ich mich umziehen."

Marc stand auf und verabschiedete sich. Ich war recht traurig, als die Tür hinter ihm ins Schloß fiel. Mutti hatte ihn aber gebeten, recht bald wiederzukommen.

Ich räumte ab, tief in Gedanken versunken. Wie hatte nun Marc sein Leben verbracht? Wo hatte er gewohnt? Wieso hatte er Abitur machen können? Woher in aller Welt hatte er so tadellos gute Manieren? Warum hatte er Volkswirtschaft studiert? Warum interessierte sie ihn ganz besonders? Wer hatte diesem mageren, schäbig angezogenen Mann beigebracht, daß man einer Dame die Hand küßt?

Marc ging jetzt zu seinen schmutzigen Eisenbahnwagen, und bei mir hinterließ er eine ganz lange Reihe unbeantworteter Fragen.

Der große Auftrag

Mein Leben war allmählich in einen neuen Rhythmus gekommen, und ich hatte mich damit abgefunden. Es schien meinen Klassenkameradinnen klargeworden zu sein, daß es keinen Zweck hatte, mich zu diesem oder jenem aufzufordern. In der Schule waren sie alle nett und freundlich zu mir, mehr aber nicht. Die einzige, die manchmal nachmittags noch auf einen Sprung bei mir vorbeikam, war meine beste Freundin Inge. Aber auch sie kam immer seltener. Sie hatte schließlich stets allerlei vor, genau wie ich, bevor mein großes Sparprogramm anfing.

An einem Sonnabend ging ich nach Schulschluß zufällig neben Jutta aus dem Schultor. Jutta schaute rechts und links und sagte: „Ich gucke nur nach Walter. Er hat heute schon um zwei Uhr frei und wollte mich abholen. Ach, da kommt er ja!"

Das blaue Moped, das ich in so trauriger Erinnerung hatte – mein Regenmantel war nämlich noch nicht tadellos sauber geworden –, rollte vor das Tor.

„Nanu!" sagte ich. „Hat dein Bruder ein Moped?"

„Ja", strahlte Jutta. „Weißt du, er hat jetzt eine ganz gute Anstellung, und da konnte er sich endlich das heißersehnte Moped leisten. Na, tschüß, Moni, ich muß sehen, daß ich nach Hause komme."

Ich nickte Walter nur ganz kurz zu. Ich hatte beileibe keine Lust, mich mit ihm zu unterhalten. Ich habe ihn nie ausstehen können. Dann setzte Jutta sich stolz und glücklich lächelnd hinten auf das Moped, und sie brausten los. Ich sah ihnen nach, ein bißchen in Gedanken versunken. Jutta war zugänglicher geworden in der letzten Zeit. Ich war sehr froh, ihr nicht verraten zu haben, daß Walter es war, der damals meinen Popelinemantel bespritzt hatte.

Die beiden Geschwister schienen sich ganz gut zu verstehen. Komisch, Jutta war im Grunde ein nettes Mädchen, aber Walter war überall wenig beliebt. Er war frech und vorlaut, und immer, wenn Jugendliche etwas ausgefressen hatten, hieß es: „Ja, natürlich, der freche Walter Brander war selbstverständlich dabei." Jutta war auch nicht immer die allerfreundlichste, aber Frechheit hatte ihr noch nie jemand nachgesagt.

„Sag mal, Moni", fragte Mutti am Mittagstisch. „Warum hast du eigentlich nicht erzählt, daß du dich mit Jutta Brander so gut befreundet hast?"

„Jutta Brander?" fragte ich. „Habe ich das?"

„Hast du nicht? Das hat ihre Mutter mir jedenfalls erzählt. Die Jutta hat so lieb von dir gesprochen."

Ich fiel aus allen Wolken.

„Das ahnte ich nicht, Mutti, daß Jutta mir freundlich gesonnen ist. Es stimmt schon: In der letzten Zeit ist sie netter geworden. Wir haben auch in der Pause geplaudert. Aber wieso hat sie von mir zu Hause gesprochen, und wieso bist du bei Frau Brander gewesen?"

„Ja, ich habe ihr heute vormittag die alte blaue Wolle gebracht und sie gebeten, mir einen Pullover zu stricken. Sie hat eine Tasse Tee aufgegossen und wir beiden Mütter haben ein gemütliches Plauderstündchen gehabt.

Wir verstehen uns eigentlich ganz gut. Wir haben ja dasselbe Schicksal – wir wurden beide ziemlich früh Witwe. Wir haben jede eine Tochter in der Schule, sogar in derselben Klasse. Wie gesagt, wir haben es recht gemütlich gehabt. Ich mag Frau Brander gern. Kennst du sie eigentlich, Moni?"

„Nein", sagte ich. „Ich habe sie nur mal ganz kurz getroffen."

„Du kannst dir nicht denken, was für ein entzückender Mensch sie ist", sagte Mutti. „Es tut mir so leid, daß sie kränklich ist. Sie sieht sehr blaß und abgespannt aus. Nun ja, es ist auch nicht leicht, sie hat ja nur ihre Rente und das bißchen, was ihre Strickarbeit einbringt, und sie hat sich nun in den Kopf gesetzt, daß die Tochter das Abitur machen soll. Ihr Mann hat es so innig gewünscht, und Jutta möchte es auch selbst sehr gern. Gott sei Dank hat der Sohn jetzt eine Anstellung. Für den braucht sie nicht mehr zu sorgen. Sie ist eine tapfere kleine Frau. Ich bin froh, daß ich sie ein bißchen näher kennengelernt habe. Werde mal sehen, ob ich ihr nicht manchmal Arbeit verschaffen kann. Meine Kolleginnen haben bestimmt ab und zu etwas, das gestrickt werden muß. Und du, Moni, du könntest doch Jutta mal zu uns einladen. Ich habe den Eindruck, daß sie nicht viele Freundinnen hat."

„Das hat sie auch nicht", stimmte ich zu. „Ich werde mal sehen, Mutti, wie es sich entwickelt mit Jutta und mir. Es ist ein bißchen schwer, mit ihr Kontakt zu kriegen. Ich staune nur darüber, daß sie von mir nett gesprochen hat."

„Ja, das hat sie so unbedingt", sagte Mutti. „Bist du denn nicht froh darüber?"

„Doch", sagte ich. „Natürlich bin ich das, ich bin nur so – ja, so erstaunt."

Ein paar Tage später bat Mutti mich, ich möchte doch nachmittags bei Frau Brander vorbeigehen und den fertigen Pullover abholen. Der Preis war schon vorher vereinbart. Als ich hinkam, stand Walter vor dem Haus und putzte sein Moped. Er guckte mich an, sagte nicht Guten Tag, sondern warf mir einen bösen Blick zu und knurrte nur:

„Ach so, du bist es. Nun kommst du wohl, um bei meiner Mutter zu petzen, was? Ja, so was sieht euch Mädchen ähnlich."

„Wieso komme ich, um zu petzen? Ich werde gar nichts petzen. Ich möchte bei deiner Mutter einen Pullover abholen, den sie für meine Mutter gestrickt hat. Laß mich bitte vorbei!"

„Bestimmt, daß du nichts anderes vorhast?"

„Natürlich nicht, ganz bestimmt. Wieso bin ich dir denn eine Rechenschaft darüber schuldig, was ich mit deiner Mutter zu besprechen habe? Das geht dich doch nichts an."

„Doch, es geht mich an, falls du petzen willst."

„Ich sage dir doch, ich will nicht petzen. Warum sollte ich deiner armen Mutter wehtun? Sie hat es bestimmt mit dir schwer genug. Ich will keinen Stein zu der Bürde legen. Wenn du für einen Groschen Anständigkeitsgefühl gehabt hättest, dann hättest du dich angeboten, mir die chemische Reinigung zu zahlen oder dich wenigstens entschuldigt. Aber das erwarte ich gar nicht von dir, dazu kenne ich dich zu gut. So, nun läßt du mich aber vorbei!"

Er trat einen Schritt zur Seite, und ich klingelte bei Frau Brander.

Mutti hatte recht. Frau Brander war wirklich reizend. Sie hatte ein hübsches Lächeln in einem blassen, müden Gesicht.

„Ach, Sie sind es, Fräulein Hasseldorf. Kommen Sie bitte näher. Nur einen Augenblick, ich werde schnell den Pullover einpacken."

„Aber Frau Brander, seit wann siezen Sie mich? So alt bin ich nun auch nicht geworden."

„Na, wie du willst, Moni. Komm mal bitte rein. Hier ist die restliche Wolle und sag bitte deiner Mutter, falls die Ärmel ein bißchen zu eng geworden sind, soll sie es ruhig sagen. Es ist keine große Kunst, sie aufzutrennen und neue zu stricken."

„Finden Sie? Wenn ich etwas hasse, dann ist es das Auftrennen."

„Ist nicht schlimm, wenn man eine Strickmaschine hat", sagte Frau Brander. „Da geht es immer schnell, weißt du."

„Ich begreife bloß nicht, wie so ein Apparat funktioniert", sagte ich. „Ich habe nie einen gesehen."

„Dann komm mal her, das zeige ich dir gern, wenn es dich interessiert."

Ich ging hinein in das kleine bescheidene Wohnzimmer. Vor dem Fenster stand der Strickapparat auf einem großen Tisch. Mit flinken, geschickten Fingern zeigte mir Frau Brander, wie das alles funktionierte. Sie hatte gerade eine angefangene Arbeit in dem Apparat, eine sehr hübsche, zartgelbe Farbe. Ich sagte ihr, wie sehr mir die Farbe gefiele.

„Ja? Das freut mich", sagte Frau Brander. „Das ist ein neuer Pullover für Jutta. Die Farbe wird ihr stehen. Glaubst du nicht?"

„Bestimmt, glänzend“, nickte ich. „Ist Jutta nicht zu Hause?“

„Nein, sie ist gerade in die Stadtbücherei gegangen. Sie ist ja so eine Leseratte, und sie behält auch alles, was sie liest. Ich nenne sie immer mein lebendiges Konversationslexikon.“

„Sie kommt auch in der Schule sehr gut mit!“ sagte ich.

Da strahlte Frau Brander.

„Ja, Gott sei Dank, das tut sie! Ich habe eigentlich trotz allem so viel Freude, Moni. Mein Sohn hat seine gute Anstellung, und wenn es bei Jutta so bleibt wie bis jetzt, dann wird sie auch beim Abitur ordentlich abschneiden. Es war ja nicht immer leicht, wie du dir denken kannst. Ich wurde früh Witwe – und für die Kinder war es schwer, ohne Vater aufzuwachsen.“

„Ich weiß, Frau Brander, ich habe es ja selber erfahren“, sagte ich. „Ich kann es nur zu gut verstehen.“

„Nun ja“, sagte Frau Brander. „Für dich ist es wohl trotzdem leichter gewesen, Moni, deine Mutter hat eine feste gute Anstellung. Aber sag, bleibst du vielleicht ein bißchen? Jutta kommt wohl bald. Würdest du auf sie warten?“

„Ich täte es gern“, sagte ich. „Aber leider . . . ich kann nicht. Ich habe etwas vor, etwas Eiliges!“

„Doch ich darf Jutta wohl von dir grüßen?“

„Oh, ich bitte Sie darum, Frau Brander! Tausend Dank, der Pullover sieht entzückend aus. Der wird Mutti stehen! Und hier ist das Geld, bitte schön. Mutti hatte es ja mit Ihnen so verabredet.“

Frau Brander nahm das Kuvert und bedankte sich. Sie brachte mich zur Tür. Da drüben stand Walter noch bei seinem verflixten blauen Moped.

„Walter, hast du eigentlich Monika Hasseldorf begrüßt?“ fragte die Mutter. Walter murmelte nur etwas. Frau Brander schüttelte den Kopf.

„Ach, wenn der bei seinem geliebten Moped ist, ist er nicht ansprechbar“, lachte sie. „Dem gehört seine ganze Liebe. Also auf Wiedersehen und grüß deine Mutter, Monika!“

Ich radelte nach Hause – tief in Gedanken versunken. Wie komisch war das alles. Ahnte Frau Brander denn nicht, was für einen schlechten Ruf ihr Sohn hatte? War er vielleicht immer lieb und gut zu der Mutter und nur außerhalb des Hauses so frech und vorlaut?

Und Jutta? Sie war gar nicht immer ausgesprochen nett in der Schule. Aber wie leuchteten Frau Branders Augen, als sie von ihren beiden Kindern sprach, und wie war ihre Stimme voll Mutterstolz gewesen! Ich begriff es nicht.

Schließlich schüttelte ich diese Gedanken ab und dachte an die Arbeit, die mich zu Hause erwartete. Es stimmte, was ich Frau Brander gesagt hatte: Ich hatte diesen Nachmittag wirklich viel zu tun. Ich mußte mich um meine ganze Garderobe kümmern. Ich wollte ja nicht mehr gleich zur Schneiderin gehen, wenn Kleinigkeiten in Ordnung zu bringen waren. Jetzt machte ich es selbst und sparte das schöne Geld. Und für heute nachmittag wollte Mutti mir helfen, zwei Röcke zu kürzen.

Als ich nach Hause kam, blieb ich im Flur stehen. Ich hörte Stimmen aus dem Wohnzimmer. Hatte Mutti Besuch?

Ich machte die Tür auf.

„Nein, was sehe ich! Marc, du bist es, wie nett! Bist du schon lange hier?"

Marc war aufgestanden, als ich reinkam. Er reichte mir die Hand.

„Oh, ein halbes Stündchen sitze ich schon hier und trinke Kaffee mit deiner Mutter. Ich bin eben auf einen Sprung herübergeradelt, während Opa sein Mittagsschläfchen hält. Ich bringe dir Arbeit, Moni!"

Ich horchte auf.

„Arbeit, was denn? Ist es vielleicht diese Abschreibarbeit, von der du neulich sprachst?"

Mutti goß mir eine Tasse Kaffee ein, und Marc reichte mir einen Bogen quer über den Tisch.

„Versuch mal, ob du mir dies vorlesen kannst, Moni!"

Ich guckte mir das Geschriebene an. Es war klein, sehr undeutlich und mit Bleistift geschrieben, mit furchtbar vielen Durchstreichungen und ebensovielen Einfügungen zwischen den Zeilen.

„Ach, du grüne Neune!" rief ich.

„Ja, es ist gar nicht leicht zu entziffern, aber versuch's mal. Wenn du es schaffst, dann erkläre ich dir nachher, wieso und warum."

Ich fing an zu lesen.

„Meine erste Begegnung mit Heinrich Zille!" Ich guckte auf: „Was . . . wie . . . Heinrich Zille . . . mit dem berühmten?"

„Eben – mit dem berühmten. Nun lies mal weiter!"

Ich las, und es ergab sich ziemlich schnell: Es war von einer Frau geschrieben, und schon die ersten Zeilen waren fesselnd und spannend. Es machte mich direkt kribbelig, daß ich erst die undeutliche Schrift entziffern mußte. Als ich eine Seite durchgeschwitzt hatte, nickte Marc.

„Ich glaube, du schaffst es, Moni. Es ist doch ein Segen, daß dein Opa gotisch schreibt, so daß du es auch hast lernen müssen. Willst du es auf dich nehmen, dieses Manuskript mit der Maschine zu schreiben? Es beträgt wahrscheinlich zweihundert Seiten."

„Mensch", stöhnte ich. „Zweihundert Seiten so wie diese geschrieben?"

„So wie dies, aber du wirst ganz gut verdienen dabei."

Das klang wie Musik in meinen Ohren.

„Klar, mache ich. Mutti, was sagst du dazu?"

„Das weißt du doch, Moni. Soweit es sich nicht ungünstig auf deine Schularbeiten und deinen Nachtschlaf auswirkt, sage ich ja, und ich stelle dir herzlich gern meine Maschine zur Verfügung."

„Ach Mutti, du bist ein prima Mädchen!"

Marc lächelte ein bißchen. Er sagte nichts, aber ich las seine Gedanken: Wie schön müßte es sein, eine Mutter zu haben, mit der man so richtig kameradschaftlich umgehen konnte, eine Mutter, die man „ein prima Mädchen" nennen konnte.

„Aber nun erzähl doch, Marc: Was ist das für eine Dame?" Dann erzählte Marc. Die schreibende Dame war achtzig Jahre alt,

Offizierswitwe und saß in Berlin. In ihrer Jugend war sie Schauspielerin gewesen. Nun lebte sie allein in ihrer kleinen Wohnung, umgeben von lauter Erinnerungen, Lorbeerkränzen, Schauspielerfotos und den Auszeichnungen ihres Mannes. Vor etwa zwei Jahren hatte sie angefangen, ihre Memoiren zu schreiben. Sie hatte ein paar Versuche gemacht, jemanden zu finden, der das Ganze abschreiben könnte, aber in der Schreibstube, wo sie gefragt hatte, hatte man es glatt abgelehnt. Es sei zu undeutlich, und die jungen Angestellten verstünden überhaupt nicht, die deutschen Buchstaben zu lesen. Ein Angebot hätte sie gehabt, aber das wäre so märchenhaft teuer gewesen, daß sie es nicht annehmen konnte.

„Aber warum in aller Welt schreibt die Dame denn nicht gewöhnliche lateinische Buchstaben?"

Marc lächelte. „Weil sie ein alter Starrkopf ist. Ich kenne sie. Sie ist entzückend, charmant, eine ganz bezaubernde alte Dame, aber sie weiß, was sie will, und nun *will* sie gotisch schreiben. ‚Ich bin deutsch, ich schreibe deutsche Buchstaben', ist ihr Argument, und dabei bleibt sie. Jetzt ist also die Frage: Kannst du es tun, willst du es tun?"

„Ich habe doch ja gesagt, Marc, ich tue es schrecklich gern! Hast du das ganze Manuskript bei dir?"

„Ich habe die ersten hundert Seiten. Ich habe heute einen Brief von ihr bekommen und soll dich fragen, ob du mit zwei Mark für die Seite zufrieden sein wirst. Du müßtest dann bitte mit zwei Durchschlägen schreiben."

„Gut", sagte ich. „Mache ich."

Blitzschnell hatte ich gerechnet: Zweihundert Seiten zu zwei Mark – vierhundert Mark würde ich verdienen! Und *ob* ich das wollte!

Am folgenden Tage waren meine Röcke noch genauso lang wie vorher, und an meiner Unterwäsche fehlten Knöpfe und Träger und Häkchen, und was ich alles hätte ausbessern sollen. Den ganzen Abend hatte ich an der Schreibmaschine verbracht, und dieses Mal war es nun nicht nur Geldgier, es war wirkliches Interesse. Es war ein sehr lustiger Stoff zu schreiben.

Marc hatte mir einen guten Rat gegeben:

„Lies nicht weiter", sagte er. „Laß es dir selbst neu sein, während du schreibst. Dann ist das Abschreiben nicht so langweilig."

Das war vernünftig. Es war wirklich eine lustige Arbeit, eine spannende Arbeit, wenn sie auch für die Arme und für den Rücken ermüdend war.

Ein Viertel nach zehn kamen zwei energische mütterliche Hände, nahmen mir das Manuskript weg und legten die Schutzhaube über die Maschine.

„So, meine junge Dame, jetzt ist es schon längst Bettzeit. Wenn du denkst, daß ich dich die ganze Nacht hier schreiben lasse, dann irrst du dich!"

Ich stand auf und streckte die Arme. Jetzt merkte ich, daß ich tatsächlich müde war.

„Gesegnet sei die Offizierswitwe Adele Peters", sagte ich. „Und gesegnet sei Marc", fügte ich hinzu. „Aber du, Mutti, kannst du begreifen, woher Marc diese Dame kennt?"

„Ich habe so eine Ahnung", sagte Mutti. „Als wir hier saßen und plauderten, erzählte er mir beiläufig, daß er fünf Jahre in Berlin gewohnt hat, und zwar bei einem alten Major."

„Aha, deswegen!" sagte ich. „Deswegen hat er so tadellose Manieren. Da hat er gelernt, wie man sich benimmt, Muttchen."

Dann umarmte ich Mutti und ging zu Bett.

Aber noch hatte ich so viele unbeantwortete Fragen, was Marc betraf. Wenn ich ihn doch nur einmal so richtig zum Erzählen bringen könnte!

Mit diesem Gedanken schlief ich ein, und ich träumte, daß ich zusammen mit Frau Adele Peters bei Heinrich Zille zum Kaffee eingeladen war. Dann wurde ein kleines rotes Auto neben dem Kaffeetisch geparkt. Marc stieg aus, lächelte breit und sagte: „Hier, Moni, bringe ich dir deinen Wagen."

Marc und sein Großvater

Wenn ich jetzt sonnabends zum Babysitten losradelte oder zu Fuß trabte, hatte ich stets viel Gepäck mit. In meiner Schultasche lag Adele Peters' Manuskript, und in einer Hand trug ich Muttis Reise-Schreibmaschine. Wenn dann mein Schützling eingeschlafen war und ich Ruhe hatte, wurde die Schreibmaschine irgendwo aufgestellt, wo das Tippen das Kind nicht störte, und dann schrieb ich und schrieb und schrieb.

Es dauerte fast einen ganzen Monat, bis ich die ersten fünfzig Seiten fertig hatte, und dann waren wir schon im Dezember. Ich packte die fünfzig Seiten ein, schrieb Frau Peters einen höflichen Brief – natürlich mit gotischen Buchstaben – und schickte ihr das Ganze hin. Ein paar Tage später bekam ich einen Scheck und einen sehr reizenden Brief.

„Ich danke Ihnen für Ihre hübsche Arbeit", schrieb Frau Peters. „Sie sind ein junges Mädchen, hat mir Marc erzählt, und da werden Sie bestimmt zu Weihnachten Geld brauchen. Ich sende Ihnen hiermit einen Scheck über 100,– DM. Dann habe ich jedenfalls für die ersten fünfzig Seiten bezahlt. Ich kann Ihnen gar nicht sagen, wie froh und dankbar ich bin, daß mein junger Freund Marc dies vermittelt hat. Beinahe hatte ich die Hoffnung aufgegeben, meine Erinnerungen, die für mich persönlich doch einen gewissen Wert haben, in eine leserliche Form zu kriegen. Grüßen Sie auch Marc vielmals von mir. Er hat mir erzählt, daß er bei Ihnen und Ihrer Frau Mutter einen netten Abend hatte, und ich freue mich so sehr für ihn. Wie Sie bestimmt wissen, hat er ein schweres Leben hinter sich. Ein wahres Glück war es allerdings, daß der wunderbare Zufall ihn in das Haus des jetzt verstorbenen Majors Krüger brachte. Na, das wird er Ihnen bestimmt alles erzählt haben. Ich entbehre seine Besuche bei mir und unsere netten Plauderstündchen sehr, doch ich freue mich auch innig für ihn, daß er endlich bei seinem eigenen Großvater wohnen kann, daß er endlich einen Verwandten gefunden hat.

Wenn Sie, liebes Fräulein Hasseldorf, zufällig einmal nach Berlin kommen sollten und ein Stündchen für eine alte Frau übrig hätten, würde ich mich sehr über Ihren Besuch freuen. Sie sind der erste Mensch, der diese meine Erinnerungen gelesen hat, und wenn Sie so freundlich darüber schreiben, daß es Sie interessiert, daß Sie es unterhaltend finden, so ist mir das direkt zu Herzen gegangen. Es grüßt Sie vielmals Ihre Adele Peters."

Zum zweiten Male konnte ich ganze hundert Mark auf einmal bei der Sparkasse einzahlen. Und ich überlegte: Was meint Frau Peters mit dem glücklichen Zufall . . ., mit diesem Major Krüger? Nein, jetzt sollte Marc erzählen, bevor ich nämlich vor Neugier platzte.

Ein paar Tage vor Weihnachten radelte ich nachmittags wieder durch die Stadt zur Großen Steinstraße Nr. 14. Diesmal wollte ich nicht zum Ehepaar Clausen. Ich ging eine Treppe höher, und da ganz oben an der Tür zur Mansarden-Wohnung stand „Becker" mit ganz verwischten Buchstaben auf einem alten Schild. Verstehe es, wer kann – ich hatte tatsächlich Herzklopfen, als ich klingelte.

Es dauerte nur wenige Sekunden, dann hörte ich Schritte. Ich lauschte . . . ja, es waren junge, schnelle Schritte. Es war Marc – Marc mit einer Schürze umgebunden und mit einem nassen Geschirrtuch in der Hand.

„Aber Moni, bist du es? Kommst du zu uns?"

„Ja, Marc, ich . . . ich . . . Mutti hat mich geschickt. Sie hat gestern gebacken, und dann . . . bitte schön, da sind Kuchen mit einem schönen Gruß von Mutti. Sie hofft, daß sie euch schmecken werden, dir und deinem Opa."

Er legte das Küchentuch weg und nahm die große Kuchendose.

„Das ist aber furchtbar nett von deiner Mutter, Moni. Willst du nicht, ... willst du nicht näher kommen? Ich fürchte, es ist nicht so aufgeräumt, wie es sein sollte, aber ..."

Da mußte ich lachen.

„Wenn du mein Zimmer gesehen hättest, dann würdest du dir gar keine Mühe geben, dich zu entschuldigen. Du ahnst nicht, was für eine Liederliese ich manchmal bin, wenn ich zu tun habe, und du hast bestimmt viel zu tun."

„Na ja", sagte Marc, „habe ich schon. Komm rein, Moni, und wie gesagt, fang nur nicht an, die Staubkörnchen zu zählen."

Er machte die Tür auf zu einer kleinen Wohnstube. Sie war sehr bescheiden eingerichtet. In der Ecke stand ein kleiner Weihnachtsbaum und wartete anscheinend darauf, geschmückt zu werden.

„Ja", lächelte Marc, „Opa hat jahrelang keinen Weihnachtsbaum gehabt, aber diesmal, wenn er den Heiligen Abend mit seinem einzigen Enkel feiern wird, wollte er auch einen Baum haben."

„Marc, ich wollte dich nicht aufhalten. Kann ich dir nicht behilflich sein – beim Aufwaschen? Soll ich abtrocknen?"

„Ach, was denn, Moni, das sollst du nicht. Das schaffe ich schon!"

Etwas in seiner Stimme sagte mir, daß es vielleicht doch nicht so schlecht angebracht wäre, wenn er ein bißchen Hilfe bekäme. Also ging ich kurzerhand mit ihm in die Küche, nahm ein Tuch und fing an abzutrocknen. Das war ein großer Abwasch.

„Weißt du, ich bin zwei Tage nicht dazu gekommen", erklärte er mir. „Es ging Opa nicht so sehr gut. Jetzt scheint er sich etwas erholt zu haben. Er schläft gerade. Das macht er übrigens immer zu dieser Zeit."

Damit hatte ich gerechnet. Deswegen hatte ich diese Zeit für meinen Besuch gewählt.

„Du, Marc", sagte ich, während ich eifrig abtrocknete und die fertigen Sachen auf den Küchentisch stellte, „ich habe einen entzückenden Brief von Frau Adele Peters bekommen. Ich soll grüßen."

„Na, das freut mich aber. Ja, sie schreibt lustige Briefe. Weißt du, sie ist eine echte alte Berlinerin – geradeaus, offen und schlagfertig mit einem großen Herzen und mit sehr viel Humor."

„Ja, aber sie setzt voraus, daß ich viel mehr über dich weiß, als es der Fall ist. Sie erzählt etwas von einem glücklichen Zufall, der dich in das Haus von einem ... von einem ... ach, wie hieß er doch gleich ...?"

„Major Krüger", sagte Marc. „Ja, da kann sie wohl recht haben. Das war ein glücklicher Zufall."

„Ist es ein Geheimnis, Marc? Ich bin so schrecklich neugierig! Kannst du es nicht erzählen?"

„Nein, um Gottes willen, das ist kein Geheimnis. Ich mag nur nicht so viel über mich selber sprechen."

„Ach, du bist dumm, Marc. Erzähle doch, bitte!"

Marc erzählte. Er erzählte nüchtern und kurz, ohne große Worte.

Als er mit sechzehn Jahren aus dem Kinderheim kam, arbeitete er einen Sommer auf einem Gut. Der Gutsherr hatte eines Tages Besuch von einem alten Freund und führte diesen Freund durch die Ställe und über den ganzen Besitz. Marc stand gerade am Heuwagen, als die beiden alten Herren vorbeigingen. Sie blieben stehen. Der Gast musterte Marc von oben bis unten. Dann kam er hin zu ihm und sagte:

„Sag mal, mein Junge, wie heißt du?"

„Marcus Becker."

Der Fremde nickte: „Das habe ich mir doch gedacht ... das habe ich mir doch gedacht! Ist dein Vater vielleicht im Krieg gefallen?"

„Ja, vor Stalingrad."

„Ich weiß es. Und deine Mutter?"

„Meine Mutter ist tot. Kurz nach meiner Geburt gestorben."

„Erzähle mir doch, wie sie mit Vornamen hieß."

„Renate."

Dann musterte der Fremde Marc. „Komm mit mir, mein Junge. Ich muß mit dir sprechen."

Es folgte ein Gespräch. Es folgten mehrere Gespräche. Und ein paar Tage, nachdem der Gast nach Berlin zurückgefahren war, kam ein Brief an Marc. Major Krüger – so hieß der Gast – hatte Marcs Vater gut gekannt, sehr gut gekannt. Sie waren zusammen vor Stalingrad gewesen und Major Krüger war der letzte Mensch, der Marcs Vater lebend gesehen hatte. Bei einer Gelegenheit hatte Marcus Becker senior dem Major das Leben gerettet, und dieser fühlte eine tiefe Dankesschuld. Als er den jungen Hilfsarbeiter auf dem Gut gesehen hatte, hatte er seinen Augen nicht getraut. Es war gewesen, als ob er seinen alten Freund lebendig vor sich sähe – nur in einer etwas jüngeren Ausgabe. Marc war das Ebenbild seines Vaters. Nun bat ihn der Major, zu ihm nach Berlin zu kommen. Er hätte sich überlegt, schrieb er, wie er seinem alten Freund nach dem Tode noch etwas Gutes tun könne, und wäre zu dem Resultat gekommen, das beste, das er tun könne, wäre, dem Sohn zu einer guten Ausbildung zu verhelfen. Er habe in Erfahrung gebracht, daß Marc in der Schule so gut mitgekommen sei, daß man es ihm ermöglicht hätte, die mittlere Reife zu machen. Jetzt böte ihm der Major an, in seinem Haus zu wohnen, das Abitur zu machen und nachher zu studieren.

„Ich kann dir sagen, das war ein Übergang für mich", lächelte Marc. „Nicht, daß ich es im Kinderheim schlecht gehabt hatte, im Gegenteil. Sie waren gut zu uns, und es wurde für uns gesorgt. Das Essen war vorzüglich, und wir mußten jedes Jahr zum Arzt und zum Zahnarzt. Wir bekamen auch die Grundbegriffe guten Benehmens beigebracht. Aber nun kam ich zum ersten Mal in meinem Leben in ein Privathaus, und zwar in ein Haus, wo alles nach dem Willen und den Begriffen des alten Offiziers ging. Er wollte dem Kind seines alten Freundes nicht nur eine gute Ausbildung verschaffen, sondern auch eine gute Erziehung. Das war manchmal eine harte Schule, aber ich merkte ja immer seinen guten Willen. Ich habe alles über mich ergehen lassen, und allmählich habe ich verstanden, welch großen Dienst er mir erwiesen hat. Er verlangte viel von mir. Er verlangte sehr viel Fleiß. Er verlangte ein tadelloses Benehmen. Dafür gab er mir auch viel. Er gab mir Kleidung schenkte mir mein Fahrrad. Als ich achtzehn wurde, ließ er mich den Führerschein machen, alles Dinge, wofür ich ihm sehr dankbar bin. Ich kann nicht behaupten, daß ein herzliches Verhältnis zwischen uns bestand. Aber ich habe ihn respektiert. Ich hing an ihm, und es traf mich furchtbar schwer, als er starb. Er erlitt einen Herzschlag. Es kam alles wie ein Blitz aus heiterem Himmel über mich."

„Ja, und dann?" fragte ich atemlos. Ich vergaß ganz, weiter abzutrocknen.

„Ja, dann hatte ich gerade das dritte Semester meines Studiums abgeschlossen, und nun stand ich da. Ich war ja nicht erbberechtigt. Er hatte kein Testament gemacht, jedenfalls keins, in dem ich erwähnt war. Plötzlich war ich allein, wieder allein, zwanzig Jahre alt und ziemlich ratlos. Ich habe versucht, mich durchzuschlagen. Ich habe eine kleine finanzielle Studienhilfe bekommen, eine Bude gemietet, einen Sommerjob angenommen. Es war übrigens gerade bei dieser Gelegenheit, daß ich Französisch lernte. Eine Weile habe ich weiterstudiert. Aber dann hatte ich das Pech, krank zu werden. Du weißt es vielleicht nicht: Wenn man so eine Studienbeihilfe bekommt, muß man zwischendurch Fleißprüfungen machen und zeigen, daß man es auch wert ist. Durch meine Krankheit hatte ich viel versäumt, mich aber trotzdem zu der Prüfung gemeldet. Ich habe sehr viel Pech gehabt. Nervös war ich auch. Das war alles sehr traurig . . . Mein Geld wurde eingezogen. Man fand mich eben nicht würdig. Ich habe wirklich sehr schlecht abgeschnitten bei der Prüfung. Dann habe ich Nachhilfestunden gegeben und tausend verschiedene Jobs gehabt. Ach, Moni, das ist alles sehr langweilig. Das ist nicht anders, als es so viele Studenten erlebt haben. Jedenfalls im rechten Augenblick bekam ich Kontakt mit Opa. Dann kam ich hierher."

„Ja, aber Marc, erzähl doch! Wie hast du deinen Opa gefunden oder er dich?"

„Durch das Rote Kreuz. Aber das war sehr schwierig. Unser Name ist nicht selten. Es gibt wohl etliche Tausende mit dem Namen Becker in der Bundesrepublik. Und es wurde alles dadurch erschwert, daß Opa nicht ahnte, daß er einen Enkel hatte. Aber zuletzt klappte es. Es war Major Krüger, der mir zuerst gesagt hatte, ich sollte versuchen, ob ich nicht durch das Rote Kreuz irgendwie in Verbindung mit meiner Familie kommen könnte. Er meinte, mein Vater oder meine Mutter müßten doch Eltern oder Geschwister gehabt haben. So haben wir also das Rote Kreuz eingespannt und dann ist es gelungen, wie gesagt: im richtigen Augenblick. So, und nun wäre das Abwaschen fertig – mit deiner tüchtigen Hilfe doppelt so schnell wie sonst. Ich danke dir tausendmal. Nun machen wir uns eine Tasse Kaffee. Und dann sollst du ganz schnell meinen Opa begrüßen."

Ich saß ein paar Minuten allein in dem kleinen Wohnzimmer und wartete. Ich guckte mich um. Außer den Stühlen, dem Tischchen und einem kleinen Schrank befand sich auch eine Couch in dem Zimmer, die ganz deutlich unter ihrer dunklen Decke Bettzeug verbarg. Aha – hier schlief sicherlich Marc! Etliche Bücher auf dem Tisch daneben verrieten mir auch, daß er seine Studien nicht aufgegeben hatte.

Also hier in diesem Zimmer hatte er gesessen an dem denkwürdigen Abend, an dem gesegneten Abend, als der kleine Gérard wie am Spieß geschrien hatte, so daß Marc zuletzt nach unten lief.

Die Tür vom Nebenzimmer ging auf, und Marcs Opa kam herein. Unter schneeweißen Haaren, unter einer Stirn mit vielen, vielen Falten leuchteten mir ein Paar wache blaue Augen entgegen.

„So sieht also die kleine Moni Hasseldorf aus!" sagte Opa. „Wie nett, daß Sie vorbeigekommen sind. Schon lange war es mein Wunsch, Sie mal kennenzulernen."

„Ich wollte Sie auch gern kennenlernen, Herr Becker"? sagte ich. „Wie geht es Ihnen?"

„Vielen Dank. Man wird ja nicht jünger mit den Jahren. Aber ich habe ja seit einiger Zeit eine vorzüglich Pflege."

Seine hellen Augen waren liebevoll auf Marc gerichtet. Den Ausdruck seines Gesichtes werde ich nie vergessen. Die Augen leuchteten förmlich – die alten, blauen, weisen, erfahrenen Augen.

„Hoffentlich hast du den Kaffee anständig aufgebrüht, Marc?" lächelte er. „Mir gibst du lieber einen Schuß heißes Wasser hinein. Nanu, was ist das denn?"

Marc hatte Muttis Kuchendose auf den Tisch gestellt.

„Geschenk von Frau Hasseldorf, Opa. Wir haben vielleicht Glück, wir beide."

„Das kann man wohl sagen." Opa nahm ein Vanille-Plätzchen. „Es ist furchtbar nett von Ihrer Mutter, Fräulein Moni. Ja, Marc hat mir schon öfters von Ihnen und Ihrer Mutter erzählt."

Wir tranken unseren Kaffee, und ich sah immer wieder Marcs Opa an. Was hatte er doch für einen guten, lieben Ausdruck in seinem mageren alten Gesicht! Aber er sah krank aus. Seine Hautfarbe war ein wenig gelblich.

„Marc", sagte er, als er seinen Kaffee getrunken hatte, „ich habe eine Sünde zu beichten."

„Aber Opa!"

„Ja, weißt du, dein alter ungeschickter Opa hat die Medizinflasche zerdeppert."

„Opa, wann? Eben?"

„Vorhin. Du weißt, ich kann nicht . . ."

„Natürlich weiß ich. Ich lauf sofort zur Apotheke. Moni, ich weiß nicht, ob du . . .?"

„Selbstverständlich warte ich, bis du zurück bist. Du kannst ganz beruhigt sein."

„Das ist aber lieb von Ihnen", sagte der Großvater und gab Marc das Rezept, das er aus der Tasche gezogen hatte.

„Hier, Marc, du weißt, ich kriege noch zweimal auf dieses Rezept."

„Ich mache schnell", sagte Marc. „Ich brauche nicht lange."

„Eilt nicht – eilt nicht, junger Mann. Ich habe doch die beste Gesellschaft. Gönne es deinem alten Opa, sich mit einer jungen Dame zu unterhalten. Das kommt, weiß Gott, nicht jeden Tag vor."

Marc lächelte und verschwand. Der Opa lauschte. Als die Tür hinter Marc zuknallte, wandte er sich mir zu. Nun war sein Ausdruck anders – irgendwie eifrig gespannt.

„Fräulein Moni", sagte er. „Nun passen Sie mal auf. Ich muß Ihnen was erzählen. Ich muß es schnell tun. Marc braucht wahrscheinlich nur höchstens zwanzig Minuten, und ich muß etwas mit Ihnen besprechen. Als Marc mir vorhin sagte, Sie wären hier, habe ich absichtlich meine Medizinflasche kaputtgemacht, um Marc für einige Minuten loszuwerden; denn ich muß mit Ihnen allein sprechen. Ich muß mich auch darauf verlassen, daß Sie mich verstehen werden, und ich glaube, Sie werden es.

Sehen Sie, Moni, ich habe mir so viele Sorgen um Marc gemacht. Er weiß vielleicht nicht, daß ich sehr krank bin. Ich habe es ihm nicht sagen wollen. Ich weiß sehr gut, daß ich nicht allzulange bei ihm bleiben werde – leider.

Wissen Sie, als Marc zu mir kam, da merkte man es ihm an, daß er es schwer gehabt hatte, und vor allem, man merkte ihm an, daß er viele Jahre nur mit alten Menschen zusammen gewesen war. Er wohnte ja bei diesem alten Herrn, dem Major Krüger – gesegnet sei er für alles, was er für meinen Jungen getan hat, aber in seinem Haus traf Marc nur alte Menschen, unter anderem diese Frau Peters. Sie muß eine entzückende alte Dame sein, aber – nun ja, eben alt!"

„Herr Becker", wagte ich zu unterbrechen. „Marc besuchte doch das Gymnasium, dort hatte er doch bestimmt Freunde!"

Opa Becker schüttelte den Kopf.

„Ich weiß nicht, Moni. Er fühlte sich bestimmt als Außenseiter unter den Klassenkameraden, die Eltern und Geschwister hatten, und ein normales Leben führten. Marc hat mir nicht allzu viel davon erzählt, aber ich glaube kaum, daß er richtige Freundschaften geschlossen hat. Er hat sich wohl davor gescheut, den Major zu fragen, ob er jemand mit nach Hause nehmen dürfe. Er hat sich gescheut, bei Klassenkameraden eine Gastfreundschaft zu genießen, für die er sich nicht revanchieren konnte. Als Kind war er mit anderen Kindern zusammen, das stimmt schon. Aber ich spreche von diesen so wichtigen Jahren, seit er sechzehn war. Als ich ihn kennenlernte, hatte er nichts von dem jugendlichen Übermut, von der jugendlichen Lebensfreude, die er in dem Alter haben sollte. Dann hat er Sie getroffen, und da hat er sich geändert. Er hat das Lächeln gelernt. Irgendwie wurde er jünger und fröhlicher. Ich habe mich darüber so gefreut. Sein Leben ist ja ganz unnormal verlaufen. Es ist auch nicht richtig und nicht normal, daß er jetzt keinen Menschen außer seinem alten, kranken Opa hat. Verstehen Sie mich richtig: Wir mögen uns sehr gut leiden! Wir sind beide glücklich, daß wir uns gefunden haben, nur leider viel zu spät. Aber Marc soll doch mit jungen Menschen verkehren! Er hat immer nur gearbeitet, gearbeitet und geschuftet. Das ist verkehrt! Und sehen Sie, Moni, das was ich Ihnen nun schnell sagen wollte . . . nein, ich muß Sie erst etwas fragen, und bitte, antworten Sie ehrlich! Antworten Sie ohne Umschweife. Bedenken Sie, es ist ein alter, ein todkranker Mann, der Sie fragt. Versprechen Sie mir, meine Frage ehrlich zu beantworten?“

Ich konnte kaum die Tränen zurückhalten. Ich nickte und schluckte. Dann sagte ich: „Ja, Herr Becker. Ich verspreche Ihnen, ganz ehrlich zu antworten, welche Frage es auch ist.“

„Moni, mögen Sie Marc gern leiden?“

„Ja, Herr Becker, diese Frage kann ich leicht beantworten. Ich mag ihn ganz schrecklich gern, und ich bin dankbar und glücklich, weil ich ihn kennenglernt habe.“

Da zitterte der weiße Bart einen Moment so sonderbar, und ich glaube, jetzt mußte Opa einen Kloß runterschlucken.

„Wie schön, daß Sie das sagen, Moni! Dann ist es auch viel leichter für mich, meine zweite Frage zu stellen: Wenn ich einmal nicht mehr da bin – und Moni, das wird nicht mehr lange dauern –, wollen Sie den Kontakt mit Marc aufrechterhalten? Würden Sie versuchen, ihn nicht aus den Augen zu verlieren? Wollen Sie versuchen – jedenfalls für einige Zeit –, der feste Punkt in seinem Leben zu sein? Sie sind so jung. Wir wissen nicht, wie das Leben für Sie weitergehen wird und wie für Marc. Aber in der ersten Zeit, wenn Marc allein ist? – Er braucht einen festen Punkt. Verstehen Sie, was ich meine?"

„Oh, Herr Becker, und ob ich das verstehe!"

So, nun mußte ich tatsächlich das Taschentuch zu Hilfe nehmen.

„Aber Moni, weinen Sie doch nicht!"

„Ich kann nichts dafür! Es ist so schrecklich, daran zu denken, daß Sie eines Tages . . ."

„Moni, sterben müssen wir alle, und ich habe wenigstens diese große, große Freude gehabt in meinem letzten Lebensjahr. Ich habe meinen Enkel gefunden, oder vielmehr er hat mich gefunden. Sie können sich nicht denken, was das für mich bedeutet: Dies, was mir auf dem Herzen lag, bin ich losgeworden. Ich bin jetzt beruhigt und sehr glücklich. Ich danke Ihnen, kleine Moni!"

Die magere alte Hand wurde mir quer über den Kaffeetisch gereicht. Ich weiß nicht, wieso es mich überkam, aber plötzlich beugte ich den Kopf und küßte die alte Hand.

Dann wischte ich noch schnell mit dem Taschentuch über die Augen. Ich stand auf und ging im Zimmer auf und ab. Dann hatte ich mich wieder gefaßt, und als wir Marc im Flur hörten, saß ich wieder ganz ruhig dem Großvater gegenüber, und wir unterhielten uns über Weihnachten und den Schnee, der gar nicht kommen wollte, und über ganz alltägliche Dinge . . .

Ich war tief bewegt und in Gedanken versunken, als ich kurz darauf die Treppe runterging. Als ich aus der Haustür trat, stieß ich mit einem Manne zusammen.

„Oh, entschuldigen Sie – ach, Herr Clausen. Guten Tag!"

„Oh, Fräulein . . . ach, wie heißen Sie doch gleich? Sie sind doch unser Babysitter?"

„Hasseldorf", half ich ihm.

„Richtig, Fräulein Hasseldorf. Na, wie geht's Ihnen? Sind Sie mir noch böse?"

„I wo! Gar nicht. Ich glaube, ich habe mich nicht richtig bedankt für das fürstliche Honorar damals."

„Bitte, bitte. Hätten Sie nicht Lust zu noch einem fürstlichen Honorar?"

„Das hätte ich."

„Ich fürchte aber, daß Sie es trotz allem abschlagen werden; denn am Heiligen Abend machen Sie wohl kein Babysitten?"

„Nein, das allerdings nicht, Herr Clausen, das tue ich nicht. Am Heiligen Abend will ich zu Hause bei meiner Mutter feiern."

„Na ja, das kann man auch verstehen. Sagen Sie, Sie kennen wohl keinen Menschen, der am Heiligen Abend babysitten würde? – Natürlich nicht nachmittags, sondern . . . ja, es ist nämlich so, wenn wir mit unserem Jungen gefeiert haben und ihn gegen acht oder vielleicht halb neun Uhr zu Bett gebracht haben, dann wollten wir sehr gern noch zu guten Freunden ausgehen. Aber das ist wohl eine hoffnungslose Sache. Oder was meinen Sie? Wenn ich noch einmal fünfzig Mark zahlen würde?"

„Ich fürchte, Herr Clausen, das wird sehr schwer werden."

„Ja, ja, das fürchte ich auch. – Na, dann ist nichts zu machen, Fräulein Hasseldorf. – Ich wünsche Ihnen ein frohes Fest."

„Vielen Dank, ich Ihnen auch, Herr Clausen! Und wenn es ein andermal sein sollte . . ."

„Dann wende ich mich an Sie, selbstverständlich."

Ich radelte nach Hause. Ich dachte – offen gestanden – keine Sekunde mehr an Herrn Clausen und sein Problem. Ich dachte an Marc, und ich dachte an seinen Großvater. Wie war ich froh, daß ich den guten alten Mann kennengelernt hatte!

Als ich nach Haus kam, warf ich das Rad sozusagen in den Keller und lief nach oben

„Mutti, hör mal, ich muß dir erzählen . . . Aber was hast du denn, Mutti? Du siehst ganz unglücklich aus. Geht es dir nicht gut?"

„Doch, aber ich muß dir eine große Enttäuschung bereiten."

„Nanu, – doch nicht etwas mit Weihnachten?"

„Doch, das ist es. Du weißt ja, daß Frau Müller so lieb war, sich bereit zu erklären, meinen Nachtdienst am Heiligen Abend zu übernehmen, und denk dir . . ."

„Kann sie etwa nicht?"

„Nein, eben, sie kann nicht. Denk dir, ihr Kleiner hat Scharlach bekommen, und damit ist nicht zu spaßen bei einem einjährigen Kind. Unter diesen Umständen will sie natürlich bei dem Kind bleiben und es nicht zur Oma geben, wie sie es eigentlich vorhatte."

„Ach, Mutti, dann wirst du also doch selber den Nachtdienst machen müssen?"

„Leider, Moni. Ich sehe keinen anderen Ausweg, ich kann ja keinen Menschen bitten, das für mich zu übernehmen. Es war ja ein Glücksfall, daß Frau Müller es überhaupt übernehmen wollte."

Ich mußte dreimal schwer schlucken. Wie froh war ich gewesen, als Mutti mir vor einer Woche erzählt hatte, daß ihre Kollegin bereit war, diese Nacht für Mutti einzuspringen, damit Mutti mit mir den Heiligen Abend feiern könnte. Ich war bitter enttäuscht. Aber ich durfte es Mutti nicht noch schwerer machen.

„Mutti", sagte ich, und ich versuchte, meine Stimme recht optimistisch zu machen – ja, ich versuchte sogar ein Lächeln:

„Weißt du, vielleicht ist es gar nicht so schlimm. Wir machen es uns nachmittags recht gemütlich. Wir werden Kerzen anzünden, wir werden gut essen, und dann kommt die Bescherung. Und wir werden Weihnachtsmusik hören. Weißt du, es wird genauso nett wie sonst. Nur fängt unser Fest etwas früher an."

„Ja, Moni, natürlich machen wir das, mein Kind. Nur, daß ich dich dann um halb acht verlassen muß."

Da plötzlich fiel mir etwas ein. Mein Gespräch mit Herrn Clausen hatte ich ganz vergessen. Das war nur eine Nebensache; mein Kopf war ja so voll von anderen Dingen.

„Ich weiß, was ich mache, Mutti!"

Ich kramte in meiner Tasche. Ganz richtig, da war der Zettel mit Clausens Telefonnummer.

„Was hast du denn vor, Moni?"

„Babysitten, Mutti", sagte ich. „Babysitten bei Clausens. Ich habe ihn gerade getroffen ... vor wenigen Minuten. Er wird hochspringen vor Freude, wenn ich ihm sage, daß ich ihnen doch noch am Heiligen Abend helfen kann."

Das stimmte. Ob er hochsprang, konnte ich am Telefon allerdings nicht sehen, aber er war hell begeistert und versprach wieder ein fürstliches Honorar und selbstverständlich Geld für eine Taxe nach Haus.

„Ja", sagte Mutti, die das Gespräch mit angehört hatte. „Das ist vielleicht kein dummer Ausweg, Moni. Du hast ja auch Marc im gleichen Haus. Wer weiß, vielleicht leistet er dir für ein Stündchen Gesellschaft, wenn sein Großvater schläft."

„Das tut er bestimmt, Mutti, und wenn ich zum ersten Mal den Abend nicht mit dir verbringen kann, dann ..."

Mutti lächelte: „... dann ist es vielleicht kein anderer Mensch, mit dem du lieber feiern möchtest, als Marc."

Ich merkte, wie die Röte in meine Wangen schoß.

„Mutti, höre, ich muß dir etwas erzählen."

Ich holte tief Luft und erzählte von meinem Gespräch mit Marcs Großvater. Jetzt wischte Mutti sich die Augen.

„Moni, wie gut, daß du das Gespräch mit dem alten Mann hattest, und wie bin ich froh, daß du so geantwortet hast. Ja, Moni, wir haben eine Aufgabe, du und ich. Marc fühlt sich wohl bei uns, das merkt man, und wir werden beide versuchen, für ihn in Zukunft unser Heim zum festen Punkt zu machen. Wenn man ihm nur das Gefühl nehmen könnte, daß er immer ein Außenseiter ist."

„Wieso Außenseiter, Mutti? Hat er so was gesagt?"

„Nein, das Wort hat er nicht gebraucht, jedenfalls nicht mir gegenüber, aber so viel kann ich doch verstehen, daß er sich immer als Außenseiter gefühlt hat. Du kannst dir vielleicht nicht vorstellen, und ich selbst kann es auch kaum, was das bedeutet, nie einen Menschen ‚Vater' oder ‚Mutter' genannt zu haben oder ‚Onkel' oder ‚Tante' oder ‚Großvater' und ‚Großmutter'. Er hat sich mit allen erwachsenen Menschen, die er getroffen hat, gesiezt. Er hat die Menschen höflich begrüßt mit Händedruck, vielleicht mit einem Handkuß. Er hat nie spontan einem Menschen um den Hals fallen können. Er hat höchstwahrscheinlich noch nicht mal einen Menschen gehabt, mit dem er sich richtig aussprechen konnte, einen Menschen, zu dem er mit all seinen Sorgen und Freuden kommen konnte. Ich glaube nicht, daß ich mich in diesem Punkte irre, Moni. Und wenn wir ihm etwas von all diesem schenken könnten, dann wäre es zu schön!"

Ich schwieg ein Weilchen. Dann errötete ich wieder; denn jetzt wollte ich Mutti etwas sagen, und das war nicht leicht, aber ich holte noch einmal tief Luft und versuchte es.

„Du, Mutti."

„Ja."

„Findest du es ganz schrecklich komisch, wenn ich sage, ich glaube beinahe, daß ich Marc ein kleines bißchen lieb habe?"

„Aber Kind, das weiß ich doch längst. Deswegen brauchst du nicht zu erröten. So ein bißchen verliebt zu sein, das ist ein natürlicher Zustand, wenn man siebzehn ist."

Sie lächelte, als sie das sagte.

„Ja, Mutti. Das ist es wohl."

Wir schwiegen beide eine Weile. Dann guckte Mutti mich an und sagte: „Aber Moni, nun darfst du nicht enttäuscht sein, wenn Marc kein Wort sagt. Er hat ja einem jungen Mädchen nichts zu bieten, verstehst du? Er kann dich nicht einladen. Er kann nicht mit dir ausgehen. Er kann dich nicht einmal in ein Kino mitnehmen.

Du darfst nicht vergessen, wie eisern er sparen muß. Und das, wofür er spart, ist viel, viel wichtiger als dein Sparprojekt. Seine ganze Zukunft hängt davon ab, daß er seine Ausbildung vollenden kann."

„Das weiß ich doch, Mutti, und ich pfeife auf alle Einladungen. Ich möchte nur so schrecklich gern, daß er ab und zu herkommt, und daß ich ihn mal wieder besuchen darf, und daß ich seinen Opa besuchen darf. – Und, nun ja, es wäre natürlich schön, wenn wir manchmal einen Sonntagsausflug zusammen machen könnten. Aber das geht nun nicht. Er will ja jede freie Minute mit dem Großvater zusammen sein, und das kann ich verstehen."

„Das verstehe ich auch, Moni. Seinen Großvater wird er ja wahrscheinlich nur noch eine kurze Zeit behalten. Du bist siebzehn Jahre, und Marc ist dreiundzwanzig. Ihr habt das ganze Leben vor euch!"

Als ich an diesem Abend in meinem Bett lag, wollte der Schlaf nicht kommen. Ich hatte so furchtbar viel zu denken. Vor allen Dingen hatte es mich tief beeindruckt, daß Marc wußte, wie es um den Großvater stand. Er wußte, daß der Opa ein todkranker Mann war, und wollte es ihm nicht sagen. Und der Opa wußte es auch, und er wollte es Marc nicht sagen. Eins war mir klar: ich durfte nie dem einen gegenüber verraten, daß der andere es auch wußte.

Mein letzter Gedanke, bevor ich endlich einschlief, war eine große Dankbarkeit, weil das Schicksal es gefügt hatte, daß ich Marcus Becker kennengelernt hatt.

Es geschah am Heiligen Abend

Als am Dreiundzwanzigsten ein Paket von meiner Tante Luise kam, packte ich es sofort aus. Tante Luise schickte mir doch immer irgendein Buch, und mit dem diesjährigen Buch hatte ich einen Plan. Ich riß das Papier auf, guckte hinein – zum Glück hatte sie keine Widmung hineingeschrieben. Also wickelte ich das Buch schnell in neues hübsches Papier, schrieb darauf: „Für Inge von Moni“ und lief damit zu Inge. Inge ist die einzige Freundin, mit der ich immer Weihnachtsgeschenke austausche. Sonst begnügen wir uns mit einem Händedruck und guten Weihnachtswünschen.

„Erfinderisch bist du geworden, das muß man sagen“, sagte Mutti mit einem kleinen Kopfschütteln. „Denk bloß daran, was ich gesagt habe: Sparen ist schön, aber laß es nicht in Geiz ausarten!“

„Ist denn dies geizig, Mutti?“ fragte ich.

„Dicht an der Grenze“, sagte Mutti und lachte. „Jetzt erwarte ich nur noch, daß du Inges Geschenk wieder einpackst und es mir morgen schenkst.“

Das tat ich nun allerdings nicht; denn ich hatte einmal ausgesetzt mit Sparen: Ich hatte Mutti für selbstverdientes Geld ein Paar hübsche Handschuhe gekauft. Das war ein wunderbares Gefühl.

Der Heilige Abend kam. Mutti und ich saßen ruhig und gemütlich beisammen. Mein Geschenktisch sah allerdings ein bißchen merkwürdig aus. Die meisten Verwandten hatten wie immer bei Mutti angefragt, was Moni sich wünsche, und Mutti schien ihnen beigebracht zu haben, daß Moni ein Sparbuch habe und sich am meisten über einen kleinen Beitrag dazu freuen würde. Auf meinem Platz lagen viele kleine Briefumschläge, deren Inhalt mich ein Stück näher an die Erfüllung meiner Träume brachte: zwei Fünfmarkstücke, zwei Zehnmarkscheine, und von Opa kam sogar ein grüner Zwanzigmarkschein.

Mutti hatte es selbst anscheinend anders gehalten. Von ihr war ein riesengroßes Paket da. Ich entfernte das Packpapier, machte einen Karton auf –, darin war ein kleineres Paket –, wieder auspacken, wieder ein kleineres Paket, und so ging es fünf- bis sechsmal. Endlich hielt ich eine winzige Schachtel in der Hand. Ich mußte lachen.

„Ach Mutti, du wirst auch wohl nie erwachsen? Was hast du dir nun einfallen lassen?“

„Darf ich um ein winziges Fünckchen Respekt vor meinen grauen Haaren bitten!“ neckte mich Mutti. Dabei hat sie kein einziges graues Haar! „Willst du nicht aufmachen?“

Ich machte auf. In der klitzekleinen Schachtel lag ein Stückchen zusammengefaltetes Papier. Mit Rotstift und säuberlichen Buchstaben war darauf gemalt: „Dieser Schein berechtigt die Inhaberin zu fünf Stunden Fahrunterricht.“

„Oh, Mutti!“

„Na, zufrieden?“

„Und ob! Fünf Stunden – das ist ja eine ganze Menge. Oh, du ahnst nicht, was ich in fünf Stunden lernen werde. Und die restlichen Stunden, die werde ich schon selbst schaffen.“

Die Zeit verflog viel zu schnell. Ehe wir uns umgesehen hatten, war es halb acht und Mutti mußte zum Dienst. Sie hatte mir ein Päckchen mit Obst und Süßigkeiten zurechtgestellt, das ich hinten auf mein Rad schnallte. Dann brach ich auf zu meinen Pflichten, zu meinem Babysitten. Und . . . die kleine Hoffnung hatte ich ja . . . zu Marc. Ich würde ihn doch bestimmt im Laufe des Abends sehen. Hoffentlich hatte Familie Clausen nichts dagegen, daß er mich schnell besuchte. Ach was – das hatten sie bestimmt nicht, sie verstanden sich doch gut mit Marc. Sollte ich fragen, ob sie es erlaubten? Nein, lieber nicht. Wenn sie nein sagten, war alles aus. Aber solange ich nicht gefragt hatte, konnte ich in gutem Glauben handeln.

Ich hatte mir ein paar französische Sätze zurechtgelegt, aber ich brauchte sie gar nicht. Es zeigte sich, daß der kleine Gérard eine Menge Deutsch gelernt hatte. Er begrüßte mich lieb und fröhlich und aufgeregt von den vielen Weihnachtsgeschenken in einwandfreiem Deutsch. Die einzige Schwierigkeit, die ich an diesem Abend mit ihm hatte, war, ihn zum Schlafen zu bringen. Er hatte eine elektrische Eisenbahn bekommen, und wenn es nach ihm gegangen wäre, hätte er die ganze Nacht damit gespielt. Aber endlich hatte ich ihn im Kinderbettchen – umgeben von Eisenbahn, Autos und tausend anderen Dingen. Er schlief zuletzt vor lauter Übermüdung ein.

Frau Clausen hatte im Wohnzimmer einen reizenden Tisch für mich gedeckt. Da gab es delikate belegte Brote, Kuchen, Obst und sogar eine halbe Flasche Wein. Da mußte ich lachen. Glaubte sie wirklich, daß ich ganz allein dasitzen und Wein trinken würde? Das kam überhaupt nicht in Frage!

Gérard schlief. Wie war es still im Haus! Ich lauschte. Oben hörte ich Schritte. Da hörte ich Stimmen. Ob der Opa müde war? Ob er bald ins Bett ging, und ob Marc bald kam? Natürlich hatte ich ihm erzählt, daß ich am Heiligen Abend eine Treppe tiefer Babysitter machen würde. Es wurde neun Uhr – es wurde halb zehn – beinahe zehn Uhr. Ich konnte ja nicht nach oben gehen. Ich durfte Gérard nicht verlassen. War etwas los da oben? Ging es dem Großvater nicht gut?

Doch da! Endlich hörte ich Schritte auf der Treppe, und bevor Marc klingelte, hatte ich die Tür aufgemacht.

„Es hat lange gedauert, Marc. Geht es deinem Großvater nicht gut? Schläft er jetzt?“

„Nein, schlafen kann er nicht. Ich weiß nicht. Ich bin ein bißchen unruhig. Er hat mich runtergejagt. Er wußte ja, daß du hier bist. Aber ich werde in einer halben Stunde schnell nach oben gehen und sehen, wie es ihm geht, und er hat hoch und heilig versprochen zu klopfen, falls irgend etwas los ist. Ich habe ihm den Stock neben das Bett gestellt.“

Ich holte aus der Küche einen zweiten Teller und noch ein Glas. Jetzt, da ich Gesellschaft hatte, konnte ich schon ein Glas Wein trinken. Marc war nett und lieb wie immer, aber das Gespräch wollte nicht recht in Gang kommen. Es war, als ob er immer horchte, während er dasaß. Nach einer knappen halben Stunde stand er auf.

„Ich komme gleich zurück, Moni. Ich muß einmal sehen, wie es geht.“

Als er zurückkam, sah er ruhiger aus.

„Opa schläft fest. So, ist noch etwas in der Flasche, Moni?"

Natürlich war etwas in der Flasche. Sehr viel sogar. Ich goß wieder ein, und dann machte ich die elektrischen Weihnachtsbaum-Kerzen an. Ich mag elektrische Kerzen am Baum eigentlich nicht, aber ich sehe ein: Wo ein kleines Kind im Hause ist, da sind sie berechtigt.

„Sag mal, Marc, wie hast du den Tag heute vor einem Jahr verbracht?"

„Heute vor einem Jahr? Das kann ich dir genau sagen. Da war ich eingeladen bei unserer gemeinsamen Freundin, Frau Peters. Es kommen so viele junge Menschen zu ihr. Sie ist so wach, so lebendig. Sie interessiert sich für alles. An diesem Abend war ich der einzige Gast. Alle anderen verbrachten ja den Heiligen Abend bei ihren Verwandten."

„Und früher, Marc, wie war es in deiner Kindheit?"

„Das kannst du dir doch denken! Sie machten es immer sehr schön für uns im Kinderheim. Da kam ein Weihnachtsmann. Geschenke erhielten wir auch, jedes Kind ein Geschenk. O ja, doch . . . es war recht schön."

„Und bei deinem . . . wie hieß er doch gleich . . .? Bei Major Krüger, war es da auch schön?"

„Ja, ich würde lügen, wenn ich was anderes behauptete. Es gab immer ein sehr gutes Essen. Ich bekam auch wertvolle Geschenke. Ja, natürlich war es schön . . ."

Es waren nicht die Worte, es war seine Stimme, die mich tief beeindruckte. Ich sah plötzlich vor mir den kleinen Jungen im Kinderheim – wie hatte Mutti gesagt: Er hätte nie einen Menschen gehabt, den er ‚Mutter' oder ‚Vater' und ‚Onkel' oder ‚Tante' genannt hatte? Ich sah den kleinen Jungen, der von einem unpersönlichen gemieteten Weihnachtsmann beschenkt wurde, jedes Kind ein Geschenk. Dann sah ich den jungen Mann, der in dem stilvollen, korrekten Haus bei Major Krüger wohnte. Es wäre recht schön gewesen, hatte Marc gesagt, aber seine Stimme war freudlos gewesen. Und dann dachte ich an meine Heiligen Abende mit meiner lieben guten Mutti, die immer alles so schön für mich gemacht hatte. – Und dann handelte ich also vollkommen unüberlegt. Ich weiß nicht, woher ich den Mut nahm . . . Ich stand auf, ging um den Tisch zu Marc, legte meinen Arm um seinen Hals und küßte ihn auf die Wange.

Er saß ganz still. Dann kam seine Hand und streichelte mir übers Haar.

„Moni . . .", sagte er.

„Marc, wenn du wüßtest, was ich dir alles wünsche! Selber habe ich es immer so gut gehabt, und du . . ."

„Bloß kein Mitleid, Moni", sagte Marc. „Ich bin froh und dankbar, weil du mir deine Freundschaft gibst, aber dein Mitleid . . . ich glaube beinahe, ich habe einen Anti-Mitleidskomplex!"

„Jetzt verlangst du aber zu viel von mir. Klar, daß ich Mitleid mit einem Menschen habe, der nie seine Eltern gekannt hat, der nie ein normales Zuhause gehabt hat! Aber Marc, es ist kein unpersönliches, verwaschenes Mitleid. Nicht das Mitleid wohltätiger Tanten für ein Waisenkind. Mein Mitleid geht Hand in Hand mit meiner ehrlichen Freundschaft. Es ist doch so einfach, Marc. Alles liegt daran, daß ich dich eben leiden mag!"

Marc stand auf. Er stand mir gegenüber. Nun legte er seine Hände auf meine Schultern.

„Ich mag dich auch sehr, sehr gern leiden, Monilein, und das darfst du nie vergessen. Ich weiß nicht, wann unsere Wege sich wieder trennen. Vielleicht wird es recht bald sein. Aber du darfst nie vergessen, daß ich dein Freund bin, und daß ich dich sehr gern leiden mag."

Er sah mir in die Augen, und plötzlich nahm er seine Hände zurück.

„Ich muß nach Opa sehen, Moni. Ich komme gleich zurück." Und schon war er weg.

Wieder horchte ich. Wieder hörte ich Schritte, dann Marcs Stimme. Nanu, was war denn das? Warum schlief der Großvater nicht? Dann wieder Schritte auf der Treppe, schnelle Schritte. Ich hatte die Tür schon aufgemacht.

„Moni, bitte, ruf schnell den Arzt an. Hier ist die Nummer. Und wenn er kommt, lauf runter und mach die Tür auf, so lange kannst du weg. Ich muß bei Opa bleiben."

Dann war er wieder weg. Ich rannte zum Telefon, und ich betete, daß der Arzt nur da wäre, und daß ich nicht verschiedene Ärzte anrufen müßte, bevor Opa Hilfe bekäme.

Gott sei Dank! Eine männliche Stimme meldete sich: „Hier Dr. Schmidt." Als ich den Namen nannte, den alten Herrn Becker in der Großen Steinstraße, war er gleich im Bilde. Er versprach, sofort zu kommen, und ich bat ihn, unten bei Clausen zu läuten, damit ich ihm die Haustür aufmachen könnte. Ich guckte auf die Uhr – fast zwölf! Oh, wenn Clausens doch bald zurückkämen! Es war schrecklich, nicht nach oben gehen zu können.

Es war furchtbar, hier untätig herumzusitzen. So fing ich an aufzuräumen. Ich wusch die paar Sachen ab, die wir gebraucht hatten, die Teller, die Gläser . . ., und ich horchte, horchte . . . Wo blieb der Arzt? Die Zeit kam mir so furchtbar lang vor. Als ich auf die Uhr guckte, war es mir unfaßbar, daß erst zehn Minuten vergangen waren, seit ich zum Telefon ging. Da hörte ich Schritte auf der Treppe. Wieder guckte ich aus. Gott sei Dank, es war das Ehepaar Clausen, das kam. In Windeseile erklärte ich ihnen die Situation. Ich möchte doch so furchtbar gern nach oben laufen, ob sie wohl bitte den Arzt hereinlassen wollten.

„Selbstverständlich, Fräulein Hasseldorf, laufen Sie nur. Liebe Zeit, der liebe alte Herr Becker! Und was soll jetzt mit dem Marcus werden?"

Oben stand die Wohnungstür einen Spalt auf. Ich schlich leise hinein. Im Wohnzimmer war niemand, aber die Tür zum Nebenzimmer stand auf. Auf Zehenspitzen ging ich hin.

Im Bett lag Opa Becker, friedlich, mit geschlossenen Augen. Neben ihm stand Marc – steif, wie versteinert. Seine Augen hingen an dem alten friedlichen, schlafenden Gesicht.

Ich blieb stehen. Ich verstand, daß ich jetzt nicht stören durfte. Das war für Marc Abschiednehmen von seinem geliebten Opa. Beinahe war es, als ob er eine Andacht verrichtete. Es dauerte eine Minute . . . vielleicht auch länger, dann drehte er sich langsam um und sah mich. Ich ging einen Schritt näher. Er legte seinen Arm um meine Schulter, zog mich näher heran, und da standen wir, wortlos, und guckten uns Marcs Großvater an. Es war mir, als ob ich seine Stimme hörte, als er mich darum bat, ich möchte für Marc ein fester Punkt im Leben sein.

Ohne ein Wort zu sagen, wiederholte ich mein Versprechen an Opa. Ich wollte nie, nie Marc aus den Augen lassen. Was ich für ihn tun konnte, das würde ich tun.

Dann hörten wir Schritte im Flur. Ich zog mich zurück ins Wohnzimmer und ließ den Arzt ins Schlafzimmer gehen.

Zwei Stunden später wanderten Marc und ich durch weihnachtsstille Straßen. Wir sprachen wenig. Er hielt meinen Arm, und wir schwiegen zusammen. Es war eine gute Schweigsamkeit. Wir verstanden uns, ohne zwei Worte zu wechseln. Erst als wir kurz vor unserem Hause waren, sagte ich:

„Marc, du wirst sehr viel um die Ohren haben in den nächsten Tagen. Ich bitte dich, ich bitte dich sehr darum, erlaube Mutti und mir, dir behilflich zu sein. Wenn wir dir irgend etwas abnehmen können . . . und vergiß nicht, Marc, das ist kein unpersönliches Mitleid. Erlaube uns, es aus einer aufrichtigen Freundschaft zu tun."

„Ja, Moni, ich danke dir. Entschuldige, ich kann jetzt nicht mehr sprechen."

Vor unserem Gartentor drückte er schnell meine Hand und verschwand in der Dunkelheit. Ich ging hinein in das leere Haus und erst, als ich im Wohnzimmer saß, kamen die Tränen.

Melitta

Der Schnee war gekommen und war schon beinahe wieder weg. Es lag ein Hauch von Frühling in der Luft. In der Mansarden-Wohnung in der Großen Steinstraße Nr. 14 waren neue Gardinen aufgehängt, und das alte Türschild war weg. Jetzt stand etwas Neues, Unpersönliches dort. In einer Ecke unseres Plättzimmers im Keller standen Marcs Möbel – die paar Sachen, die er von seinem Großvater geerbt hatte, sorgfältig zum Schutz mit alten Zeitungen und Sackleinen bedeckt. Er hatte kein Stück davon verkaufen wollen, was ich nur zu gut verstand. Als er in den Papieren des Großvaters aufgeräumt hatte, kam er eines Abends zu uns und brachte einen Umschlag mit. Er zeigte mir ein paar Bilder seines Vaters. Das waren die einzigen Familienbilder, die er in seinem Leben besessen hatte.

Mutti und ich waren zu der Beerdigung des Großvaters gewesen, und es stimmte nicht mehr, was Mutti gesagt hatte, daß ich eine Neigung zum Geiz hätte; denn bei dieser Gelegenheit hatte ich nicht nach dem Preis gefragt, als ich die Blumen für Großvater Beckers letzte Ruhestätte bestellte.

Marc war über einen Monat lang fort. Ich fing langsam an, mich daran zu gewöhnen. Ich vermißte ihn ganz schrecklich. Jetzt war er in Köln. Er hatte mir zweimal ganz kurz geschrieben, das erstemal, daß er das Glück gehabt hätte, zum nächsten Semester an der dortigen Universität aufgenommen zu sein, und dann, daß er vorläufig einen guten Job gefunden hätte. Bis zum Semesteranfang arbeitete er als Privatchauffeur und hatte außer seinem Gehalt auch ein Zimmer und das Essen.

Mir blieb dann nichts anderes übrig, als weiter zu arbeiten für die Schule und an meiner Abschreibearbeit, und weiter zu sparen. Ja, mein Sparprogramm war eigentlich das, was mir half, was mich erfüllte. Da hatte ich ein Ziel. Ich hatte etwas, worauf ich mich konzentrieren konnte. Irgendwie half es mir, über die schreckliche Sehnsucht nach Marc hinwegzukommen. Ja, ich kann es nicht anders nennen als Sehnsucht. Es war irgendwie auch eine hoffnungslose Sehnsucht; denn es war ja nicht die geringste Hoffnung vorhanden, daß Marc in absehbarer Zeit zurückkommen würde. Was sollte er auch in unserem kleinen Nest? Nur der Großvater hatte ihn darin festgehalten. Er hatte hier ja keine Existenzmöglichkeiten, und Studienmöglichkeiten erst recht nicht.

Aber, sagte ich mir selbst, einmal werden wir uns wiedersehen. Wir müssen uns treffen, und wenn ich nach Köln fahren müßte. Und fahren wollte ich in meinem eigenen kleinen Wagen, damit ich Marc einladen könnte zu schönen Autofahrten. Dieser Gedanke half mir, das Sparprogramm weiterzuführen und alle die Opfer auf mich zu nehmen, die es von mir verlangte. So machten z. B. meine Freundinnen Ski-Touren. Ich konnte nicht mit. Meine Skihose war endgültig zu klein geworden. Mutti hatte mir verboten, mich darin zu zeigen. Eine neue kaufen? Nein! Als ich den Preis hörte, schlug ich mir das gleich aus dem Kopf. Das wäre noch schöner, fünfzig – sechzig Mark auszugeben, um vielleicht zwei- oder dreimal eine Skitour zu machen. Kam nicht in Frage!

So wurde ich immer einsamer. Ich konnte so wenig von dem mitmachen, was meine Freundinnen vorhatten. Natürlich war ich selber daran schuld. Ich hätte ja das Sparen aufgeben können. Aber ich war trotzig. Ich war ein Starrkopf geworden. Ich *wollte* es durchführen, und wenn es mir manchmal schwerfiel, dann dachte ich an Marc. Wenn er es konnte, dann konnte ich es auch.

Es kam der Tag, an dem ich den letzten Punkt bei meiner Abschreibearbeit machte, alles noch einmal durchlas und die letzten Kapitel an Frau Peters schickte. Es kam der Tag, an dem ich das restliche Honorar bekam, und das war ein ganz großer Tag; denn an dem Tag wurde meine Sparsumme in dem Buch vierstellig. Ich besaß jetzt über tausend Mark. Nun wußte ich, ich würde das Ziel, das ich mir gesetzt hatte, erreichen. Das Schwierigste hatte ich schon hinter mir, aber es war mir klar, daß ich noch viel, viel Geld brauchte. Den Führerschein zu machen, das würde nicht das schlimmste werden. Außerdem hatte Mutti mir ja großzügig die ersten fünf Unterrichtsstunden geschenkt. Aber dann sollte der Wagen gekauft werden, und selbst wenn ich das Glück haben würde, einen gebrauchten Kleinwagen für zwölfhundert Mark zu kriegen, dann mußte der Wagen ja auch gehalten werden, er sollte gepflegt werden, dann kamen die Steuern, die Versicherungen – o ja, ich mußte noch ganz tapfer und eisern sparen!

Und so schuftete ich weiter. Ich hütete Babys und machte Besorgungen für die Nachbarn. In meinen wenigen freien Stunden flickte ich an meinen Kleidern herum, damit ich nichts Neues zu kaufen brauchte. Eines Morgens mußte ich ganz früh aufstehen. Ich hatte am Abend vorher meinen Rock gewaschen, den ich in der Schule tragen wollte, und den mußte ich bügeln. Das ging ruck, zuck! Ich stand unten im Plättzimmer, und manchmal warf ich einen Blick in die Ecke, wo Marcs Sachen standen. So gingen meine Gedanken wie immer wieder zu ihm. Dann erinnerte mich die Kirchturmuhr daran, daß es höchste Zeit war. Ich nahm den Rock, zog mich in Windeseile um und stürzte zur Schule.

In der ersten Stunde hatten wir Physikunterricht. Unser Lehrer erzählte von Hitzeentwicklung – und plötzlich sprang ich auf:

„Entschuldigen Sie, Herr Studienrat, bitte, ich muß gleich nach Haus, ich habe das Plätteisen vergessen!“

„Ist es denn kein automatisches Eisen?“ fragte er.

„Nein! Das ist es ja eben. Ich mußte Wolle dämpfen, und dafür nehme ich immer das alte ohne Thermostat. Oh, bitte, bitte, darf ich?“

„Klar, da bleibt mir nichts anderes übrig. Wie weit ist es eigentlich?“

„Wenn ich ganz schnell laufe, schaffe ich es in zwanzig Minuten."

Plötzlich erhob sich Melitta.

„Herr Studienrat, ich habe ja meinen Wagen, darf ich Moni schnell nach Haus fahren? Dann geht es ja viel, viel schneller. Wir können in wenigen Minuten zurück sein."

„Na gut, Melitta, machen Sie das mal, aber fahren Sie vorsichtig trotz Eisen."

Da saß ich seit langen Zeiten zum ersten Mal wieder in dem kleinen roten Wägelchen.

„Furchtbar lieb von dir, Melitta."

Sie lächelte.

„I wo, von wegen lieb! Ich zitterte ja davor, aufgerufen zu werden!"

„Ach so", sagte ich. „Deswegen."

Dann lächelte Melitta. „Na, nicht nur deswegen, Moni. Klar, daß ich dir gern den kleinen Gefallen tue."

„Ja, tust du das eigentlich, Melitta?"

„Wieso?"

„Nein, ich dachte ... ich meinte ... ich meinte ..." Ich blieb stecken.

„Du meintest, wir sehen uns wenig zur Zeit? Ja, ja, das stimmt schon, Moni! Aber – offen gestanden – liegt das nicht an dir? Wir können es überhaupt nicht verstehen. Warum hast du dich so ganz von uns zurückgezogen? Wir fragen dich längst nicht mehr, ob du etwas mitmachen willst; du willst ja doch nicht."

Ich überlegte. Sollte ich Melitta etwas erzählen oder nicht?

„Weißt du, Melitta, das hat einen Grund. Ich habe etwas vor. Ich habe mir ein Ziel gesetzt. Ich habe mich dafür entschieden, mein Geld für etwas anzulegen, und ... verstehst du ... dann muß ich eben vorläufig auf alles verzichten, was zuviel Geld kostet."

Solch ein Gedankengang war Melitta fremd. Sie hat nie in ihrem Leben Sparen nötig gehabt.

„Ist das so notwendig, das, wofür du sparst?"

„Notwendig? Nun, sagen wir: der Mühe wert!"

„Ach", sagte Melitta nur, und dann hielt sie vor unserem Gartentor.

Ich rannte hinein. Ja, ganz richtig, da stand das Eisen, so glühend heiß, daß ich den Griff nicht anfassen konnte. Ich riß nur schnell den Stecker aus der Steckdose, faßte das Eisen mit einem dicken Lappen als Schutz an und stellte es auf den Steinfußboden. Jetzt konnte nichts mehr passieren ... Eine Minute später saß ich wieder im Wagen.

„Weißt du, Moni, du bist eigentlich ein Schafskopf", sagte Melitta mit entzückender Aufrichtigkeit.

„So, bin ich das?"

„Ja, Mensch, warum hast du so was nicht längst gesagt, warum läßt du uns denken, du legtest keinen Wert mehr auf uns? Wir haben es doch immer nett zusammen gehabt, Moni."

„Ja, Melitta, das stimmt schon, und ich vermisse das auch, aber ... weißt du ... ich wollte kein Mitleid. Das kannst du sicher nicht verstehen. Du hast es immer sehr gut gehabt. Ich glaube, du kannst dir wohl meine Situation gar nicht vorstellen."

„Vielleicht nicht", sagte Melitta. „Aber ich bin jedenfalls sehr froh, daß du es mir erzählt hast, Moni."

Dann trat eine Pause ein, eine gute, kleine Pause. Es war schön, daß ich wieder mit Melitta gesprochen hatte. Als wir zurückkamen zur Schule und Melitta parkte, sagte sie: „Du, Moni, ich überlege mir gerade etwas. Wenn du morgens fünf Minuten früher fahren willst, dann kann ich dich ja doch abholen. Es macht mir nichts aus, daß wir noch diese kleine Schleife fahren und Ruth abholen. Man kann ja auch zu dritt im Wagen sitzen ... bei gutem Willen."

„Klar kann man das", sagte ich.

Mir war trotz allem ein bißchen leichter ums Herz.

Dieses kleine Gespräch mit Melitta hatte das Eis gebrochen. Allmählich fand ich zu meinen Freundinnen zurück, und ab und zu nahm ich mir nachmittags ein bißchen frei und traf mich mit den anderen. Auch versuchte ich immer, Jutta mitzukriegen. Ich wußte jetzt selbst, wie es ist, so halbwegs eine Außenseiterin zu sein. Das sollte Jutta nicht sein, und ich hatte das Gefühl, daß Jutta im Grunde ihres Wesens ein anständiges Mädchen war, aber sie war nicht leicht zugänglich, daß muß ich zugeben. Ich hatte jetzt so viel gelernt. Vielleicht verstand ich ein bißchen mehr von Juttas Einstellung; vielleicht empfand Jutta dasselbe wie Marc, vielleicht wollte sie auch kein Mitleid haben.

Es war schön, wieder jeden Tag im Auto zur Schule gebracht zu werden. Und jeden Tag, wenn ich in dem kleinen roten Wagen saß, wuchs mein Wunsch, selbst einmal so einen zu besitzen. Melitta kam brav und treu jeden Tag fünf Minuten früher als sonst, und dann fuhren wir zusammen „die kleine Schleife“ – wie sie sagte – und holten Ruth ab. Wir pferchten uns eben zusammen und mit ein bißchen Übung ging es prima.

Eines Morgens stand Ruth gar nicht vor der Tür wie sonst immer. Ich sprang aus dem Wagen und klingelte. Ruth sei erkältet, erzählte die Mutter, und müsse im Bett bleiben.

„Du, Melitta!“ sagte ich, als ich wieder neben ihr saß. „Wir sind ganz in der Nähe von Jutta. Wollen wir sie nicht abholen? Sie würde sich bestimmt freuen.“

„Meinetwegen“, sagte Melitta. „Sag mir, wie ich fahren soll.“

Ich erklärte ihr den Weg. Es war wirlich nur ein ganz kleines Stückchen. Aber wir hatten wenig Glück. Jutta war schon losgegangen. Na, vielleicht konnten wir sie unterwegs abfangen.

Walter war gerade dabei, sein blaues Moped zu besteigen. Ich nickte ihm kurz ein „Guten Morgen“ zu, und er murmelte etwas, das ich nicht verstand. Das war vielleicht mein Glück. Ich glaube, er sagte irgend etwas über „verdammte Snob-Göre“ oder so was. Das war wohl eine Anspielung auf Melittas Wagen. Dann fuhren wir los, und hinter uns knatterte das Moped.

Plötzlich mußte Melitta scharf bremsen. Ein kleiner Hund lief über die Straße, dicht vor dem Wagen. In dem Augenblick, da wir zum Stehen kamen, bekamen wir hinten einen Schubs. – Das war Walter, der uns mit seinem Moped angefahren hatte. Melitta und ich stiegen aus.

„So was Dämliches!" rief Walter. „Mädchen am Steuer! Aber natürlich, wenn man einen reichen Vater hat, dann kriegt man schon einen Führerschein, auch wenn man den Unterschied zwischen einem Auto und einem Kinderwagen nicht kennt."

„Nun mach aber einen Punkt!" rief Melitta. Sie war glühend rot vor Wut. „Erstens bin ich vollkommen korrekt gefahren, das weißt du, und zweitens kann ich nicht einsehen, warum du unsere Verkehrspolizei beleidigst. Du deutest an, daß die Stellung meines Vaters eine Rolle spielen sollte bei meinem Führerschein! Nein, Walter, so dumm bist du doch nicht, daß du selbst das glaubst!"

Ich holte ein Stück Papier und einen Bleistift aus der Tasche.

„Es ist besser, Walter, du sagst uns gleich, wo du versichert bist."

„Das geht dich einen Dreck an!"

„Es geht Melitta an, und ich bin Zeugin, daß du das weißt! Melitta ist sehr vorsichtig gefahren. Das hat sie dadurch bewiesen, daß sie so schnell zum Stehen kam. Aber du hast keine blasse Ahnung davon, daß es deine Pflicht ist, einen gewissen Abstand zu halten zwischen dir und dem Fahrzeug, das vor dir fährt."

„Ach nee, was höre ich? Will die Kleine mir die Verkehrsregeln beibringen? Ich muß los, ich kann nicht den halben Vormittag hier mit euch blöden Gänsen verbringen."

Walter startete das Moped wieder und zwang uns dazu, zur Seite zu springen, damit wir nicht angefahren würden.

„Der bekommt von mir etwas zu hören", sagte Melitta verbissen. „Jetzt müssen wir ja leider zur Schule. Aber gleich nach der Schule fahr ich zur Polizei. Kommst du bitte mit, Moni? Du bist ja meine einzige Zeugin."

„Ja, ja, Melitta, natürlich, aber . . ."

„Wieso, aber? Bin ich vielleicht nicht im Recht? Verstehst du nicht, daß ich wütend bin?"

„Und ob ich das verstehe, Melitta. Ich bin genauso wütend, und daß du im Recht bist . . . kein Zweifel, aber . . ."

„Schon wieder sagst du ‚aber'. Was für ein Aber?"

„Ach, Melitta, ich denke nur an Frau Brander, an Walters Mutter."

„Was hat sie denn damit zu tun?"

„Nichts, nur daß . . . daß sie eben die Mutter ist. Sie tut mir so schrecklich leid, Melitta. Der Walter ist ein abscheulicher Kerl. Ich bin ganz deiner Meinung. Aber wenn ich an Frau Brander denke, daß Walter etwas mit der Polizei zu tun bekommen sollte oder so was, ja, dann tut es mir eben so schrecklich leid."

„Aber Moni, auf die Dauer geht es ja nicht, daß der Bursche sich alles mögliche erlauben kann und alles ausfressen darf und daß er immer geschont wird wegen der Mutter."

„Ja, Melitta, ich gebe es ja zu, du hast recht, du hast so unbedingt recht. Ich habe aber Frau Brander getroffen. Du kannst dir nicht denken, wie entzückend sie ist, und sie hat so viel für ihre Kinder getan, und sie hat es bestimmt sehr schwer gehabt. Ach, ich bin ratlos, Melitta. Ich weiß gar nicht, was richtig ist . . ."

Melitta schwieg.

Dann sagte sie, und ihre Stimme war jetzt ruhiger: „Na gut, komm nach der Schule doch bitte mit zu meinem Vater in sein Büro. Wir werden es ihm erzählen, und ich erzähle ihm auch von deinen Bedenken. Er kann uns vielleicht raten. Ich glaube sogar, bestimmt!"

Gleich nach Schulschluß fuhren wir los. Melittas Vater hörte uns ruhig an und hatte gleich die Lösung. Er fragte mich, ob ich wüßte, wo Walter arbeitete. Das wußte ich ganz genau. Er arbeitete im Büro des großen neuen Selbstbedienungsladens in der Königstraße. An diese Adresse wurde ein Brief geschickt, worin Melitta Walter aufforderte, sofort seiner Versicherung den Schaden zu melden und das Ganze auf dem üblichen Wege zu erledigen. Sie würde dann davon absehen, die Polizei zu benachrichtigen.

Die nächsten zwei Tage radelte ich zur Schule, während Melittas Rotkäppchen in der Werkstatt war. Sie erzählte mir, daß die Sache schon in Ordnung kommen würde. Die Versicherungsgesellschaft hätte von sich hören lassen und hätte den Schaden übernommen. Aber diese Geschichte war bestimmt nicht dazu geeignet, das Verhältnis zwischen uns und Juttas Familie besser zu machen. Ob Jutta überhaupt etwas darüber erfahren hatte, wußte ich nicht; aber es fiel mir auf, daß sie in dieser Zeit ganz besonders schweigsam war und uns oft mit forschenden Augen fragend ansah. Ich gab mir sehr viel Mühe, ihr gegenüber freundlich und unbefangen zu sein, als ob nichts gewesen wäre.

Nur Mutti hatte ich die Geschichte erzählt, und ich fragte:

„Mutti, kannst du eigentlich begreifen, wie der Junge so geworden ist? Seine Mutter ist entzückend; Jutta ist im Grunde ihres Wesens ein nettes Mädchen. Warum ist nur der Bruder so scheußlich geraten?"

Mutti dachte nach, dann sagte sie langsam:

„Ich könnte mir eine Erklärung denken, Moni. Wir wissen ja, daß Branders es schwer gehabt haben. Ich glaube schon, daß die Kinder auf sehr vieles verzichten mußten und noch müssen, was für andere Kinder und Jugendliche selbstverständlich ist. So etwas wirkt sich aus auf vielerlei Weise. Jutta ist schweigsam geworden, wie du sagst, und Walter ist vorlaut geworden. Vielleicht ist es eine Bitterkeit bei ihm, die sich so geltend macht. Man kann es nicht wissen, aber das wäre vielleicht eine mögliche Erklärung. Weißt du, jeder Mensch hat doch in seinem Herzen irgendeinen weichen Punkt. Walter wird den bestimmt auch haben. Der Mensch, der diesen Punkt finden könnte und ihn daraufhin anspräche, der würde ihm vielleicht helfen können."

„Wenn der Walter einen weichen Punkt hat, dann hat er ihn jedenfalls sehr gut verstecken können! Er ist ein widerlicher Kerl! Und was Schwierigkeiten betrifft und Bitterkeit – denk an Marc, Mutti, was hat der durchgemacht! Was macht er noch an Schwierigkeiten durch! Ist er vielleicht vorlaut und frech und abscheulich geworden?"

Mutti lächelte ihr warmes kleines Lächeln.

„Die sind ja auch verschieden wie Tag und Nacht, Moni. Du kannst nicht von allen Menschen das erwarten, das du von Marc erwartest. Marc gehört zu den glücklichen Menschen, die einen sehr guten und anständigen Charakter haben."

Es war schön, daß Mutti das sagte, und so kam unser Gespräch auf Marc.

Kurz darauf dachte ich nicht mehr an Walter und sein Moped und seine vielen Frechheiten.

Wie gut, daß ich nicht wußte, was das Schicksal in puncto Walter für mich noch in petto hatte!

Aus Ruths Erkältung wurde eine Grippe, und so kam es, daß Melitta und ich über eine Woche zu zweit zur Schule fuhren. Allmählich fanden wir den alten netten kameradschaftlichen Ton wieder.

Eines Tages fragte Melitta:

„Sag mal, Moni, wo ist dein Freund eigentlich geblieben?"

Ich hatte die Begegnung damals im Postamt nicht erwähnt. Jetzt plumpste es aber aus mir heraus:

„Du meinst den Rentenempfänger?"

Melitta sah mich fragend an:

„Wieso? Warum nennst du ihn Rentenempfänger?"

„Ich nicht, du hast ihn so genannt; damals, als wir ihn im Postamt trafen."

„Ach, Mensch", rief Melitta. „Der war es!"

„Wie meinst du, der war es? Was war er?"

„Jetzt weiß ich, wo ich ihn schon mal gesehen hatte – im Postamt! Weißt du, es war nämlich so, Moni: Eines Abends im Winter fuhr ich mit Mutti ins Kino, und da blieb Rotkäppchen stehen, und ich wußte weder aus noch ein. Fahren kann ich, aber was sich drinnen –

sozusagen in Rotkäppchens Innenleben – abspielt, davon habe ich keine blasse Ahnung. Da also – da kam ein junger Mann auf einem Rad und fragte, ob er mir helfen könnte. Und dann hat er die Motorhaube aufgemacht. Was er daran gemacht hat, das ahne ich nicht, aber Rotkäppchen lief danach jedenfalls, und er war so schrecklich höflich und so freundlich. Mutti sagte mir nachher: ‚Weißt du, Melitta, ich wäre froh, wenn deine verschiedenen Freunde auch so gut erzogen wären wie dieser junge Mann.' Ich habe ihn immer angesehen, sein Gesicht, und mir immer überlegt: ‚Wo habe ich diesen jungen Mann schon mal gesehen?' Der war es! Aber Moni, da hast du einen netten Freund! Und wenn ich wirklich so was Dummes gesagt habe, so was wie Rentenempfänger, so nehme ich es hiermit reumütig zurück. Sei mir nicht böse, Moni, das ist mir wohl so rausgeplumpst – ich meinte es nicht so."

„Das glaube ich auch nicht", sagte ich. „Ich war die ersten Minuten wütend, aber dann dachte ich, mir plumpst auch manchmal etwas raus, was ich nicht hätte sagen sollen. Es freut mich, daß du Marc magst."

„Ja, wo ist er denn? Du hast ja plötzlich so viel Zeit, Moni. Ist er nicht mehr hier?"

„Nein, er ist seit zwei Monaten in Köln. Er studiert dort Volkswirtschaft."

„Ach, was du nicht sagst . . .! Kommt er denn wieder hierher?"

„Ich weiß nicht, Melitta. Du rührst da an eine wunde Stelle. Vielleicht kommt er. Vorläufig muß er für sein Examen arbeiten.

Der kleine wunde Punkt zwischen Melitta und mir war somit geklärt. Ich war sehr froh darüber.

Dann wurden wir zu Inges Geburtstag eingeladen. Ich sagte zu und kam. Eine Dame, bei deren Kind ich Babysitter gewesen war, hatte mir außer dem Honorar auch eine Schachtel Pralinen geschenkt. Die hatte ich aufgehoben und schenkte sie nun Inge zum Geburtstag. Es war ein Opfer; denn ich liebe ja Schokolade – obwohl ich jetzt beinahe vergessen hatte, wie sie schmeckt.

Ein paar Tage später war ich in der Stadt. Ich stand an einem Zebrastreifen und wollte die Straße überqueren. Da hielt ein Mopedfahrer und ließ mich vorbei. Ich traute meinen Augen nicht. Es war Walter. Ich nickte ihm mein „Dankeschön" zu. Er reagierte nicht, aber er hatte sich korrekt benommen. Das war immerhin ein großer Fortschritt.

Ein neuer Job

Als ich am letzten Schultag vor den Osterferien nach Hause kam, steckte ein Päckchen im Briefkasten. Es war für mich. Als ich die Handschrift sah, fing mein Herz an zu klopfen. Ich nahm mir kaum die Zeit, den Mantel auszuziehen. Schon hatte ich das Päckchen aufgerissen. Es enthielt eine kleine Schachtel Ostereier und einen Brief. Ich pflanzte mich in einen Sessel und las.

„Liebe Moni,

diese Zeilen, um Dir und Deiner Mutter ein recht schönes und friedliches Osterfest zu wünschen. Ihr werdet es Euch bestimmt urgemütlich machen. Ich denke oft an Euer nettes Wohnzimmer und daran, wie geschmackvoll und nett Deine Mutter immer alles arrangiert. Ja, ich sage es ja immer wieder, Moni, Du bist ein Glückspilz.

Mir geht es recht gut. Ich habe noch meinen Chauffeurjob und lege mein ganzes Gehalt auf die hohe Kante. Ich werde es brauchen, wenn ich mit dem Studium anfange. Es ist ja mein Traum, daß ich jedenfalls zwei Semester finanziell schaffen werde, ohne Extrajobs annehmen zu müssen. Wir werden mal sehen, wie es geht.

Und was machen nun Deine Pläne? Ich habe mir ausgerechnet, daß du bald alt genug bist, um Fahrunterricht nehmen zu dürfen. Du darfst ja meines Wissens drei Monate, bevor Du achtzehn bist, anfangen. Aber wenn ich Dir einen Rat geben darf: Wenn Du wirklich vorhast, Dir einen Wagen zu kaufen, warte noch ein bißchen mit dem Führerschein. Was sollst Du damit, wenn Du ihn noch nicht verwerten kannst. Nach meiner Erfahrung ist es sehr wichtig, daß man gleich weiterfährt, sowie man den Führerschein hat, sonst vergißt Du und verlernst Du wieder die Hälfte. Nun ja, das ist ja nicht meine Sache, es fiel mir nur so ein.

Etwas anderes ist mir auch eingefallen. Ich weiß nicht, ob ich Dir vielleicht einen Tip geben kann, falls Du noch scharf auf andere Jobs bist. Du weißt, als ich damals zu Großvater kam, habe ich mich gleich nach Arbeit umgesehen. Ich landete bei der Eisenbahn. Danach wurde mir etwas angeboten, das mir an sich verlockend erschien. Ich konnte es nicht annehmen, weil ich Opa sonntags nicht verlassen wollte. Du kennst doch das Café Elmenfrieden, das beliebte Ausflugsziel. Dort nimmt man für die Sonntage in der Sommersaison Hilfskräfte an. Es fängt Ostern an. Dann setzt nämlich der große Sonntagsverkehr ein, und für einige Stunden jeden Sonntag brauchen sie dringend Hilfskräfte für die Küche und zum Servieren. Es wird ganz gut bezahlt. Vielleicht wäre das etwas für Dich. Weit ist es nicht, die zehn Kilometer kannst Du leicht mit dem Rad bewältigen, und wenn nicht, dann verkehren auch Busse. Ich wollte es nur erwähnt haben.

Nun grüß Deine Mutter sehr herzlich. Ich denke so oft an sie.

Und laßt Euch die Schokolade gut schmecken. Es ist wohl besser, daß ich Dir verrate, woher ich den Karton habe, damit Du nicht denkst, daß ich mit meinem Spargeld den Leichtsinn begangen habe: Ich habe selbst die Schachtel von ‚meiner Gnädigen' bekommen. Wir bekamen alle einen Karton zu Ostern – die Köchin, das Stubenmädchen, das Kinderfräulein und ich. Ich mache mir selbst wenig aus Süßigkeiten, und ich wüßte niemanden, dem ich das lieber schenken möchte als Dir.

Ich denke oft an das verzweifelte kleine Mädchen, das mir damals die Tür bei Familie Clausen aufmachte, als der Gérard so jämmerlich schrie. Ich danke dem lieben Gott, daß er mir damals den Mut gegeben hat, runterzugehen, zu klingeln und zu fragen, ob ich helfen könnte.

Möge es mir nur vergönnt sein, Dir auch weiterhin zu helfen, Moni, wenn Du mal Hilfe brauchst.

Alles, alles Gute wünscht Dir Dein Freund Marc."

Ich las den Brief zweimal, dreimal, viermal. Ich war so glücklich! Die letzten Zeilen las ich ein fünftes Mal. Als ich Mutti kommen hörte, stürzte ich ihr entgegen.

„Mutti, guck ich habe einen Brief von Marc, und ein Geschenk! Hier, lies doch!"

Mutti lächelte und schüttelte den Kopf.

„Nein, vielen Dank, Moni. Das möchte ich nicht."

„Möchtest du es nicht?"

„Nein, das möchte ich nicht. Aus zwei Gründen. Erstens ist der Brief für dich. Das mußt du wissen: man zeigt nie einer dritten Person einen Brief ohne die ausdrückliche Erlaubnis des Absenders!"

„Aber Mutti, du liest doch immer meine Briefe von Opa."

„Allerdings. Weil ich in diesem Falle weiß, daß es in Opas Sinn ist, und weil die Briefe gewöhnlich für uns beide sind, wenn sie auch oft an dich adressiert sind. Natürlich gibt es Fälle, wo man so hundertprozentig sicher sein kann, daß der Absender nichts dagegen hat, aber grundsätzlich sollst du nicht Briefe vorzeigen. Denk dir, wenn du selbst einem Freund schreibst, du würdest gar nicht glücklich sein, wenn du wüßtest, er zeigte den Brief anderen Menschen!"

Ich dachte nach, dann nickte ich.

„Du hast recht, Mutti. Ach, wie bist du doch ein ganz furchtbar prächtiges Mädchen, du solltest eingerahmt und ausgestellt werden. Na, und was ist nun der zweite Grund?"

„Der zweite Grund ist beinahe so schwerwiegend wie der erste! Siehst du, Moni, dies ist ein Brief, den du vorzeigen könntest. Du wirst vielleicht mehr Briefe kriegen, die du mir zeigen möchtest.

Aber eines Tages, Moni – das wird ganz bestimmt geschehen – kriegst du Briefe, die du für dich behalten möchtest, und denk bloß daran, wie peinlich es für uns beide sein würde, wenn du mir plötzlich nichts zeigst! Wenn etwas in dem Brief ist, das du mir gern erzählen möchtest, dann tu es; wenn etwas dabei ist, das du mit hundertprozentig gutem Gewissen vorlesen kannst, dann tu meinetwegen das auch. Ich wollte dir nur klarmachen, daß du nie einer dritten Person einen Brief hinlegen sollst!"

„O Mutti, du bist manchmal so klug, daß ich einfach nicht begreife, daß du meine Mutter bist!"

Dann las ich Mutti ausgewählte Stücke aus Marcs Brief vor, und wir saßen mit dem Osterei-Karton zwischen uns und teilten brüderlich den Inhalt. Die Schokolade schmeckte nach wie vor unheimlich gut.

Am folgenden Tage radelte ich zum Café Elmenfrieden und bekam die Wirtin zu fassen. Es stimmte, sie würde demnächst Extrakräfte für den Sonntag einstellen. Eine halbe Stunde später war alles zwischen uns geregelt. Ich sollte am Karfreitag anfangen und von zwölf bis um fünf Uhr nachmittags arbeiten. Nach dieser Zeit würde der Strom von Sonntagsgästen abnehmen. Dann würde sie es ohne Extrahilfe schaffen. Der Lohn, den sie mir bot, war gut, und ich war höchst zufrieden, als ich nach Haus radelte. Ich schrieb Marc einen langen, dankbaren Brief.

Zu meiner großen Freude wurde ich als Serviererin eingesetzt. Ich hatte immer Angst gehabt, daß ich in der Küche landen sollte. Als Serviererin hatte ich die Möglichkeit, zusätzlich Trinkgeld zu verdienen, und das war mir sehr willkommen. Aber daß die Arbeit als Serviererin so anstrengend sein konnte, davon hatte ich keine Ahnung gehabt. Wenn jeder Tisch besetzt war, wenn die Leute von links und rechts riefen, wenn sie unentschlossen waren, wenn sie furchtbar viel Zeit für ihre Bestellungen brauchten, wenn sie schimpften, weil dies oder jenes schon ausverkauft war, oder wenn die Kleinkinder nach zu vielem Eisessen auf den Fußboden erbrachen, na, dann war alles nicht so sehr schön. – Und wenn die Sonne draußen strahlte und der Himmel blau war, war es auch nicht immer das Allerschönste, in dem rauchigen Lokal rumzulaufen und ungeduldige Kunden zu bedienen. Doch wie schön war es immer, wenn ich montags, gleich nach der Schule, zur Bank gehen konnte, um mein Sonntagsgeld auf mein Sparkonto einzuzahlen.

Nur zögernd hatte Mutti mir erlaubt, diesen Job anzunehmen, aber schließlich hatte sie eingewilligt – unter der Voraussetzung, daß ich mich nicht überanstrengte und daß es sich nicht auf meine Schularbeiten auswirkte. So habe ich es immer eingerichtet, die Schularbeiten für Montag schon Sonnabend zu erledigen, damit ich Sonntag mit gutem Gewissen losfahren konnte. Jeden Sonnabend-Abend saß ich vorm Fernsehen, guckte mir die Wetterkarte an und betete, daß wir am Sonntag schönes Wetter kriegten; an Regentagen brauchte ich nicht zu kommen, hatte die Wirtin gesagt.

Es kam vor, daß meine Schulfreundinnen und ihre Eltern bei uns einkehrten. Die machten Augen, wenn sie von mir bedient wurden. Dann lachten wir zusammen, und einige der Väter steckten mir ein bißchen Extratrinkgeld zu, mit ein paar freundlichen Worten: „Na, Moni, deswegen bist du doch da, um ein bißchen Geld zu verdienen." Und ich habe mit gutem Gewissen die Groschen in meine Schürzentasche gesteckt.

Weniger schön war es, als an einem Sonntag eine ganze Gesellschaft Halbstarker sich um unseren größten Tisch lagerte, und wer saß an dem einen Tischende? Walter – ausgerechnet Walter Brander! Mir blieb auch nichts erspart!

Er grüßte nicht. Er behandelte mich, als ob wir uns gar nicht kannten. Er tat nichts, das man direkt unkorrekt nennen konnte, aber er hatte anscheinend eine diebische Freude daran, mich so viel wie möglich laufen zu lassen. Das Bier, das ich ihm brachte, war ihm nicht kalt genug. Dann brauchte er einen neuen Aschenbecher. Dann ließ er mich extra nach einer Streichholzschachtel laufen. Zu guter Letzt verlangte er, daß ich ihm vom Automaten Zigaretten holen sollte. Ich war wütend, aber ich hatte das Gefühl: Es ist besser, höflich zu bleiben und zu tun, was er verlangte. Allmählich kannte ich Walter, und ich hatte das Gefühl, er wollte mich nur zum Platzen bringen, und dann wollte er sich über meine Unhöflichkeit einem Gast gegenüber bei der Wirtin beschweren. Nein, die Freude sollte er auch nicht haben!

Also blieb ich höflich, ja sogar sehr höflich. Aber ich antwortete spöttisch: „Mit Vergnügen der Herr"; „Aber gerne der Herr!"; „Meinten Sie diese Zigaretten? Oder soll ich vielleicht andere holen?" Walter bekam also keinen Grund sich zu beklagen. Aber er war wirklich abscheulich!

Das liebe Geld

Mutti hatte wieder Nachtdienst. Eines Abends rief sie mich an, ich möchte ihr doch bitte ihre Strickjacke bringen. Sie hatte sie zu Hause vergessen, und sie fror. Natürlich nichts wie los! Es war nicht weit. Ich brauchte das Rad nicht zu nehmen. Ich rannte zu Fuß. Es regnete. Ich notierte es mit Kummer. Nun ja, wir hatten erst Donnerstag. Vielleicht würde das Wetter bis Sonntag besser! Ich dachte natürlich an meinen Sonntagsverdienst.

Auf dem Rückweg ging ich durch unseren kleinen Park. Die Luft war schön. Dieser milde Frühlingsregen war sauber. Die Luft war weich. Doch naß war es überall, und die Bänke standen leer.

Doch, da saß tatsächlich jemand auf einer Bank in der Halbdunkelheit und im Regen! Ich kam näher und traute meinen Augen nicht.

„Aber Jutta, warum sitzt du hier im Regen?"

Sie hob den Kopf und guckte mich an. Ihre Augen waren verweint, und die Verzweiflung stand darin. Ich setzte mich zu ihr, nahm ihre Hand.

„Liebe Jutta, was ist? Kann ich dir helfen? Kann ich etwas für dich tun?"

Sie schüttelte den Kopf.

„Nein, Moni, du kannst nichts tun. Niemand kann was tun. Es ist aus. Alles ist aus."

„Was ist aus, Jutta? Erzähl mir doch!"

„Ich kann nicht."

„Jutta, du kannst! Du sollst! Du mußt doch mit einem Menschen sprechen! Kannst du nicht mit deiner Mutter reden?"

„Nein, mit Mutter am allerwenigsten."

„Dann eben mit mir. Was es auch ist, Jutta, ich gebe dir mein Ehrenwort: Ich sage es keinem Menschen. Sprichst du dann?"

Sie guckte mich wieder an, und ihre Augen waren verzweifelt.

„Wirklich, Moni? Ehrenwort?"

„Ja, Jutta, Ehrenwort. – Ich kann viel Unsinn machen, aber eines tue ich nie: Ich habe nie ein Ehrenwort gebrochen."

„Ja, dann . . . dann . . ."

Ich stand auf. „Komm, Jutta, komm mit mir nach Haus. Ich bin ganz allein. Wir brauchen nicht hier auf dieser Bank zu sitzen."

Sie kam mit. Zu Hause machte ich vor allem eine Tasse warmen Tee, danach erholte sie sich ein bißchen. Dann erzählte sie.

Es war der Bruder. Er war an diesem Tag ganz verstört vom Geschäft gekommen, und in seiner Verzweiflung hatte er sich der Schwester anvertraut. Er hatte einen Fehlbetrag in der Kasse. Längere Zeit hatte er manipuliert – wie er sich ausgedrückt hatte – und hatte schon eine ganz schöne Unterbilanz aufgearbeitet. Jetzt war es aus – am Montag sollte der Revisor kommen. Alles würde aufgedeckt werden und er ganz bestimmt ins Gefängnis kommen.

„Jutta", sagte ich. „Ist es denn . . . ist es denn so viel? Meinst du . . . meinst du, man läßt ihn nicht mit einer Verwarnung davonkommen?"

Jutta schüttelte den Kopf.

„Du weißt doch, wie Walter ist. Du weißt doch, wie wenig beliebt er ist. Zu Hause ist er ganz anders, aber das kannst du nicht wissen. Das können fremde Menschen nicht wissen. Da gibt's Leute genug, die nur ihre Freude daran hätten, daß er einen kräftigen Denkzettel bekäme. Verstehen kann ich das natürlich auch, aber es ist so schrecklich . . ., es ist so schrecklich für Mutti."

„Jutta, um wieviel handelt es sich denn?" fragte ich dann ganz leise.

„Schrecklich viel, Moni, nach meinen Begriffen schrecklich viel, beinahe tausend Mark, oder genau gesagt neunhundertachtzig Mark, meinte Walter."

„Aber Jutta, er muß doch irgendwie ein Darlehen kriegen können. Er muß sein Moped verkaufen können."

„I wo, wieviel, denkst du, wird das alte Ding einbringen? Höchstens zweihundert Mark, und außerdem . . . dazu braucht man Zeit. Man verkauft nicht ein Moped in drei Minuten. Mopeds sind jetzt überhaupt nicht gefragt. Und sonst Geld borgen? Wer, glaubst du, borgt Walter Geld? Und noch etwas: Unser Städtchen ist ein Klatschnest, das weißt du. Wenn er sich an irgendeinen reichen Mann wenden würde, und dieser Mann ‚nein' sagte – das täte er höchstwahrscheinlich –, dann hätte er keine Schweigepflicht. Vielleicht würde die ganze Stadt es am nächsten Morgen wissen. Mutti bekäme es auch zu wissen. Alle Menschen bekämen es zu wissen. Nein, das kann er nicht machen."

„Ja, aber was dann? Was soll er dann machen?"

„Nun, das frage ich mich ja auch. Selber wußte er keinen Ausweg. Er war ganz verstört, Moni. Und wenn ich an Mutti denke, o Gott, wenn ich an Mutti denke . . ."

Plötzlich sah sie auf die Uhr und sprang hoch.

„Mensch, es ist ja schon spät. Ich muß schnell nach Haus. Mutti weiß nicht, wo ich bin. Ich habe gesagt, ich hätte Kopfschmerzen und wollte ein bißchen an die Luft. Ich danke dir, Moni, daß du mich angehört hast, und du sagst es niemandem . . ."

„Ich habe dir mein Ehrenwort gegeben, Jutta. Dann Wiedersehen. Ich hoffe alles Gute für euch."

In der Nacht konnte ich nicht schlafen.

Neunhundertachtzig Mark. Neunhundertachtzig Mark konnten Walter retten, den widerlichen, abscheulichen Walter, den ich beinahe haßte. Neunhundertachtzig Mark konnten seine Mutter schonen, konnten es verhindern, daß die arme Frau Brander diese Schande über sich ergehen lassen mußte, daß sie als Resultat ihrer Mühen sehen mußte, daß der Sohn vielleicht ins Gefängnis wanderte . . .

Aber was ging die ganze Sache mich überhaupt an? Ich war kein reicher Mensch – im Gegenteil, ich mußte eisern sparen. Ich mußte hart arbeiten für mein Geld. Für einen reichen Mann, so wie Melittas Vater z. B., wären tausend Mark ein Pappenstiel; für mich . . . für mich war es beinahe alles, was ich besaß. Es ging mich nichts an! Es ging mich wirklich nichts an. Natürlich, Frau Brander tat mir leid. Aber wer sollte nun leiden? Wer war die Nächste dazu, zu leiden . . . die Mutter des Burschen oder ich, die ich gar nichts mit ihm zu tun hatte? War es nicht an der Zeit, daß er endlich die Suppe auslöffeln mußte, die er sich eingebrockt hatte? War es nicht endlich an der Zeit, daß er einen kräftigen Denkzettel bekäme? Natürlich würde es für Frau Brander schlimm sein, aber immerhin, sie würde es schon überwinden, und sie würde vielleicht mit klareren Augen ihren Sohn sehen, wie er wirklich war.

Es ging mich nichts an. Es ging mich wirklich nichts an.

Am folgenden Morgen stand mein Entschluß fest: Ich hatte gar nichts mit der Sache zu tun! Das mußte Walter schaffen, wie er es selbst am besten konnte. Ich konnte mir keine Wohltätigkeit ihm gegenüber leisten, und ich hatte auch wirklich keinen Grund dazu. Ich hatte das Geld hart, hart erarbeitet. Was hatte ich geopfert, um mein Bankkonto so groß zu kriegen! Meine schönen Abende zu Hause hatte ich geopfert; ich hatte auf fremde Schreihälse aufgepaßt; ich hatte mir keine Tafel Schokolade geleistet; ich hatte kein einziges Mal mit meinen Freundinnen Eis gegessen, war nie in einem Kino gewesen; monatelang war ich einsam gewesen, weil mein eisernes Sparen mich von meinen Freundinnen entfernte. Und das Geld, das so sauer, so hart verdiente Geld sollte ich diesem widerlichen Kerl in den Rachen stopfen ... Nein, nein, tausendmal nein!!

Der Mensch ist ein merkwürdiges Geschöpf. Ich war fest entschlossen, so zu handeln. Und dann steckte ich im letzten Augenblick vor der Schule mein Sparkassenbuch in die Schultasche.

Als ich in unser Klassenzimmer kam, suchten meine Augen Jutta. Sie saß da – klein, blaß, mit roten Augen. Sie hatte womöglich noch weniger geschlafen als ich.

Schrecklich, ganz allein mit einer solchen Schwierigkeit fertig werden zu müssen! Ich konnte keinen Menschen um Rat oder Hilfe bitten, nicht mal Mutti. Ich hatte ja Jutta mein Ehrenwort gegeben. Wäre doch Marc in der Nähe! Ihm hätte ich alles erzählen können, ohne Namen zu nennen. Er kannte nicht viele Menschen in unserer Stadt. Zum Schreiben war keine Zeit. Heute war Freitag. Morgen war die Kasse zu. Montag morgen würde es passieren ..., in drei Tagen. Wenn Frau Brander ahnte, was sie in drei Tagen erleben würde!

Ich wurde in der Englischstunde aufgerufen und antwortete vollkommen verrückt. Da mußte ich zu einer Entschuldigung greifen. Ich sagte, ich hätte so schreckliche Kopfschmerzen.

„Man sieht es Ihnen an“, sagte die Studienrätin. „Sie sind ja ganz blaß. Ist es vielleicht besser, wenn Sie nach Hause gehen?“

„Ach, nein, nein, ich werde schon durchhalten.“

Juttas Mutter, Juttas gute Mutter, die so sehr viele Opfer für ihre Kinder gebracht hat ... Jutta liebte ihre Mutter, so wie ich die meine. Wenn ich nun wüßte, daß meiner Mutter etwas Schreckliches bevorstände ... wenn ich wüßte, daß eine meiner Freundinnen hätte helfen können, sie von diesem schrecklichen

Schlag zu verschonen, und diese Freundin hätte es nicht getan? Was hätte ich von der Freundin gehalten?

Als die Schule aus war, guckte ich auf die Uhr. Eine halbe Stunde noch war die Kasse auf. Nein, nein, ich wollte es nicht . . .

Da ging Jutta zum Schultor raus – klein, schmal, blaß, allein. Ich rannte ihr nach, legte meinen Arm unter den ihren.

„Komm, Jutta, du mußt mitkommen. Ich muß mit dir reden."

Sie kam, und ich ging in die Innenstadt und schleppte Jutta mit. Da lag die Kasse – das Gebäude, in das ich so oft fröhlich und stolz mit meinem Spargeld hineingegangen war, und mit meinem Buch rausgekommen war, mit meinem Buch, das jetzt eine stolze vierstellige Zahl enthielt. – Es war fünf Minuten vor Schalterschluß.

„Warte hier, Jutta. Ich komme sofort wieder."

Ich rannte hinein, und diesmal sagte ich nicht die gewöhnlichen Worte: „Ich möchte gern zwanzig Mark einzahlen." Nein, ich reichte der Beamtin mein Buch und sagte – ich erkannte meine eigene Stimme nicht wieder –: „Ich möchte neunhundertachtzig Mark abheben." Sie guckte mich einen Moment an und machte ihre Notiz. Ich bekam einen Zettel mit einer Zahl und wartete. Nach ein paar Minuten wurde meine Zahl aufgerufen. Ich vergesse es nie: es war die Zahl 27.

Aus einem Schulheft riß ich ein Stück Papier raus und packte sie ein, die Scheine: neun blaue Hundertmarkscheine, einen Fünfzigmarkschein, einen grünen Zwanzigmarkschein und einen Zehner. Ich faltete sie zusammen, so daß das Paket klein wurde und legte das Stück Schreibpapier sorgfältig darum und knickte es zu an beiden Seiten. Als ich rauskam, stand Jutta noch da. Ich legte ihr das kleine Päckchen in die Hand.

„Hier, Jutta, aber ich verlange von dir dann dasselbe, das du gestern von mir verlangtest: dein Ehrenwort, daß kein Mensch in der Welt erfährt, woher dies hier kommt. Gibst du mir dein Ehrenwort, Jutta?"

„Ja, Moni, das tue ich!"

„Mach's gut denn, Jutta. Tschüß!" Dann lief ich um die nächste Ecke und schnurstracks nach Haus.

Mutti war nicht da. Da lag ein Zettel: „Monilein, ich mache Besorgungen in der Stadt. Komme ein bißchen später. Bitte setz die Kartoffeln auf."

Ich setzte den Kochtopf auf den Herd. Dann ging ich ins Wohnzimmer hinein.

Dort setzte ich mich hin und weinte. Weinte um mein verlorenes Geld.

Es geht aufwärts

„Moni, du bist so blaß um die Schnut", sagte Mutti ein paar Tage später. „Hast du etwas? Fühlst du dich nicht gut?"

„O doch, Mutti, mir geht es glänzend."

„Denkste", sagte Mutti. „Glaubst du, ich kenne meine eigene Tochter nicht? Hast du Sorgen, Moni? Ich will nicht indiskret sein, aber du weißt, wenn ich dir helfen kann . . ."

„Ach Muttilein, das weiß ich, und du weißt auch, wenn ich Sorgen hätte, dann käme ich damit zu dir. Nein, weißt du, ich denke sehr an die Sorgen eines anderen Menschen, und diesem anderen Menschen habe ich mein Ehrenwort gegeben, nicht darüber zu sprechen. Deswegen. Es stimmt schon, ich habe ein Problem, aber ich kann es diesmal nicht mit dir teilen."

„Selbstverständlich", sagte Mutti. „Ein Ehrenwort bleibt ein Ehrenwort. Aber falls deine Freundin oder dein Freund – wer es nun ist – dir dein Ehrenwort zurückgeben sollte, dann bin ich immer bereit, zu hören und, wenn ich kann, zu raten."

„Ich danke dir, Mutti, das weiß ich."

Der Sonntag kam, und ich radelte los zu meinem Job. Wie wenig Freude machte es mir jetzt zu arbeiten, und erst jetzt wurde mir klar, wie dämlich ich mich benommen hatte. Ich hatte nur zwei Möglichkeiten im Kopf gehabt: Soll ich Walter helfen – soll ich Walter nicht helfen? Ich hätte natürlich etwas anderes machen sollen: Ich hätte ihm das Geld auf ganz geschäftliche, nüchterne Art borgen sollen. Er hätte mir eine Quittung geben müssen, und dann hätte er sich verpflichten müssen, das Geld in Raten zurückzuzahlen. Was war ich für ein Schaf – ein Superschaf!

„Du, Moni", sagte Mutti eines Tages, „jetzt kannst du bald anfangen, Fahrunterricht zu nehmen. Du bist alt genug dafür, und du weißt, die ersten fünf Fahrstunden hast du von mir bekommen."

„Ja, Mutti", sagte ich. „Ich habe dir doch vorgelesen, was Marc damals geschrieben hat, und er hatte recht. Ich warte lieber ein bißchen. Ich warte, bis ich den Wagen habe, oder bis ich die Möglichkeit sehe, in absehbarer Zeit ein Wägelchen zu kriegen. Sonst verlerne ich nur das Fahren."

„Kind, wie bist du vernünftig! Ich kenne dich ja nicht wieder. Natürlich hast du recht. Und wann kommt nun der Wagen, Moni?"

„Oh, vorläufig nicht, ich muß doch zuerst Abitur machen. Übrigens, Mutti, wann kriegst du dies Jahr deinen Sommerurlaub?"

„Ja, darüber wollte ich ja mit dir sprechen, Moni. Es sieht leider nicht besonders schön aus für uns dieses Jahr. Ich kriege den Urlaub ziemlich früh und also nicht während der Schulferien. Du wirst wohl allein zu Tante Hilde fahren müssen."

„Ach, weißt du, Mutti, das paßt mir eigentlich ganz gut, ich meine, wenn wir nicht zusammen Urlaub machen können; denn ich glaube, ich schenke mir diesmal Tante Hilde. Siehst du, ich kann ja meinen Job weitermachen, jeden Sonntag, den ganzen Sommer, und vielleicht auch sonnabends und an den Feiertagen. Dann habe ich die ganze Woche frei, und ich kann baden gehen, ich kann faulenzen und es mir schön machen. Und dann sind wir doch zusammen. Was hältst du davon, Mutti?"

„Ja, was soll ich sagen? Ich möchte natürlich sehr gern, daß du einen richtigen Urlaub machst, Moni. Aber andererseits, wenn ich egoistisch denke, dann wäre es reizend, wenn ich den ganzen Sommer mit dir verbrächte."

„Großartig", sagte ich. „Mutti, das ist ausschlaggebend. Also: Wir schenken uns das Reisen diesen Sommer; denn es nützt mir ja nichts, zu sagen, daß du in deinem Urlaub ein bißchen verreisen sollst, und daß ich allein hier zu Hause fertig werde."

„Nein", sagte Mutti, „das nützt nichts. Das kann ich dir im voraus sagen."

Wir wurden durch ein Klingeln an der Tür unterbrochen. Es war Jutta, die kam. Jutta kam in der letzten Zeit überhaupt öfters zu uns. Mutti mochte das Mädchen, und das beruhte auf Gegenseitigkeit. Das konnt man gleich merken.

„Moni, ich wollte dich nur fragen, ob wir nicht zusammen unsere Mathematikaufgaben machen könnten. Es ist da etwas, woraus ich nicht so richtig schlau werde."

„Ach Mensch, du kannst doch viel besser Mathematik als ich, aber komm! Wir gehen nach oben. Da sind wir ungestört."

Ich habe nämlich oben unterm Dach ein kleines Zimmerchen, wo ich immer mit meinen Schularbeiten sitze.

„Na, wie geht's, Jutta?" fragte ich, als wir allein waren.

„Ach, um dir das zu sagen, bin ich eigentlich gekommen", sagte Jutta. „Denn – offen gesagt und unter uns – mit der Mathematik werde ich schon selbst fertig. Ich muß dir etwas erzählen. Ich weiß nicht, wie du das auffassen wirst: Walter ist befördert worden."

„Was?"

„Ja, Walter ist befördert worden. Er hat eine höhere Stellung und ein besseres Gehalt. Mutti freut sich toll."

„Und du?"

Jutta schüttelte den Kopf.

„Nein, ich kann mich nicht freuen, wenn ich bedenke, daß du das alles bezahlt hast, und Walter hat es wahrhaftig nicht verdient."

„Da kannst du recht haben, aber deine Mutti hat's verdient, eine Freude zu erleben. Reden wir nicht mehr darüber, Jutta."

Jutta schwieg ein bißchen. Dann sagte sie doch:

„Es ist übrigens ganz komisch, Moni. Seit die Geschichte passierte, ist Walter ganz anders geworden. Er ist höflicher; er ist liebenswürdiger; ich glaube, die Leute haben nicht mehr so viel an ihm auszusetzen. Er ist jetzt auch viel mehr zu Hause. Er macht nicht immer die Straße mit seinem Moped unsicher wie bis vor kurzem. Und weißt du, woran es liegt? Du weißt ja, wie er damals das Geld bekam: Ich habe es in einen Umschlag gesteckt und seinen Namen mit Druckbuchstaben darauf geschrieben und dann in unseren Briefkasten gesteckt. Da hat er es selbst gefunden. Mir hat er nachher nur gesagt, ich sollte nicht mehr an die Sache denken. Die wäre geregelt. Aber weißt du, jetzt ist er immer unsicher. Er ahnt nicht, woher das Geld gekommen ist, und ich könnte mir denken, jedesmal, wenn er einen Menschen trifft, dann fällt ihm vielleicht ein: Vielleicht hat mir gerade dieser Mensch geholfen und deswegen ist er nicht mehr so unhöflich und auch nicht so . . . ja, so unausstehlich wie er früher oft war. Du hast einen besseren Menschen aus meinem Bruder gemacht, Moni."

Da mußte ich doch ein bißchen lächeln.

„Ja, Jutta, da siehst du, es ist doch etwas Gutes dabei herausgekommen, erstens ist deine Mutti glücklich und zufrieden, eine große Sorge ist ihr erspart geblieben, und Walter ist ein besserer Mensch geworden. Siehst du, dann habe ich doch etwas davon!"

„O Moni, wenn ich dir sagen könnte, wie dankbar ich dir bin . . ."

„Jutta, bitte, bitte sprich nicht darüber, ich möchte nichts davon hören. Weißt du, ich versuche, die Geschichte zu vergessen, und es ist besser, daß wir nicht darüber sprechen, verstehst du das?"

„Ja, ja, ich verstehe schon."

„So, und nun nehme ich dich beim Wort. Du hast nämlich ganz bestimmt die Mathematikaufgaben geschafft und ich noch nicht. Nun kannst du mir ein bißchen helfen."

Als Mutti nachher reinkam, um sich zu verabschieden, bevor sie zum Dienst ging, saßen wir beiden über unsere Mathematikbücher geneigt.

In der ersten Zeit nach der Geschichte mit Walter hatte das Sparen mir wenig Freude gemacht. Ab und zu war ich kurz davor gewesen, alles aufzugeben, wenn ich diese lächerlich kleine dreistellige Zahl sah, die in meinem geliebten Sparbuch übrig geblieben war. Dann dachte ich: Nee, das hat ja keinen Sinn. Soll ich nun wieder die ganze Arbeit und all die Opfer von neuem auf mich nehmen?

Aber dann ging ich jeden Montag mit meinem Geld – meinem Trinkgeld und meinem Gehalt von Elmenfrieden – zur Sparkasse, und dann wuchs die Summe, und allmählich fand ich mich wieder zurecht in meinem alten Dreh. Ich war nur so froh, daß Mutti nicht mein Sparbuch sehen wollte. Bis vor kurzem hatte ich es manchmal stolz vorgezeigt, aber in der letzten Zeit hatte ich mich davor gehütet, und Mutti ist diskret, wunderbar diskret. Sie fragte nicht, bat nicht darum, das Buch sehen zu dürfen.

Pfingsten kam mit strahlendem Wetter. Es war Hochbetrieb bei uns im Café Elmenfrieden, und das Trinkgeld rollte. Dann ging das Schuljahr zu Ende, und trotz des Sparens und trotz der Jobs hatte ich ganz gut abgeschnitten.

„Du bist ein Beweis für die Richtigkeit des alten Wortes: Je mehr man zu tun hat, desto mehr schafft man“, sagte Mutti.

Es traf sich auch so gut, daß Mutti gerade in der letzten Zeit vor der Jahresprüfung Urlaub hatte, und so wurde ich von jeglichen Hausarbeiten befreit – sonst muß ich natürlich meinen Teil erledigen – und ich konnte mich ganz aufs Lernen konzentrieren.

Eines Tages kam ein Brief von Frau Peters. Sie erzählte mir, das Buch sei von einem Verlag angenommen und schon gesetzt worden. Ob ich wohl die Freundlichkeit haben würde, ihr die Arbeit mit der Korrektur abzunehmen? Sie fühlte sich etwas müde, etwas angestrengt nach diesem Frühjahr. Ob ich das vielleicht tun würde gegen eine gebührende Bezahlung?

Ich sagte natürlich sofort zu. Das Geld war mir sehr willkommen, und es machte mir auch einen unheimlichen Spaß, dazusitzen und in deutlichen Druckbuchstaben zu lesen, was ich selbst so mühsam entziffert hatte. Ich hatte das Gefühl, daß ich selbst einen Anteil an dem Buch hätte. In einem Nachschlagebuch fand ich die Korrekturzeichen, die lernte ich schnell und konnte so die Korrektur in vernünftiger Weise lesen. Ich hatte ja reichlich Zeit dazu. Es waren Sommerferien und ich fühlte mich oft allein. Mutti hatte ihre Arbeit, und meine Freundinnen waren in den väterlichen Autos überall auf der Europakarte verstreut. Nur Jutta war in der Stadt, und das war sehr nett. Wir gingen oft zusammen zum Baden, und wir machten zusammen Waldspaziergänge. Ich fragte sie, ob sie nicht auch Interesse an einem solchen Job haben könnte, wie ich ihn hatte. Aber Jutta schüttelte den Kopf.

„Nein", sagte sie, „nicht sonntags. Mutti freut sich immer so sehr auf die Sonntage. Ich möchte sie dann nicht allein lassen und außerdem ... Mutti ist sehr beschäftigt, und sie ist auch nicht die kräftigste. Ich möchte doch lieber zu Hause etwas helfen und Mutti so viel wie möglich abnehmen."

Dann kam wieder ein Brief von Marc. Er erzählte, daß seine Studien ihm einen Heidenspaß machten.

„... und denk Dir", schrieb Marc, „was für ein Glück ich gehabt habe: Ich durfte mein Zimmer hier bei meiner Direktoren-Familie behalten, obwohl ich nicht mehr Chauffeur bin. Ich habe mich verpflichtet, den Wagen in Ordnung zu halten, ihn zu waschen und so was. Und ab und zu fahre ich dann den Herrn Direktor abends, damit er selbst nicht riskiert, angehalten zu werden und in die Tüte pusten zu müssen. Also führe ich, wie du verstehst, ein vollkommen alkoholfreies Leben. Das habe ich, nebenbei gesagt, immer getan.

Für das bißchen Autowaschen und Autofahren habe ich also mein Zimmer umsonst und außerdem Frühstück. Dieser goldene

Zustand wird leider nur bis Ende des Semesters, also bis Anfang August, dauern. Ich sehe mich schon um nach einem Job für die Semesterferien. Hoffentlich finde ich was. Und vom nächsten Semester an muß ich schon zusehen, daß ich irgendwo eine Bude finde.

So, Moni, das war sehr viel über mich. Aber Du fragst mich ja kurz und klein in Deinem Brief, und darauf muß ich antworten. Das ist übrigens ein neues merkwürdiges Gefühl. Ich bin es nicht gewohnt, daß sich jemand so viel für mich interessiert.

Weißt Du noch, Moni, wie Du mir damals erzähltest, daß Du gern Fürsorgerin werden möchtest oder etwas für Kinder tun, in einem Kinderheim arbeiten? Ist das noch Dein fester Entschluß? Ich kann Dich so gut verstehen in diesem Punkt. Weißt Du, das ist mit ein Grund, ein schwerwiegender Grund, weshalb ich Volkswirtschaft studiere. Ich hoffe nämlich, daß ich dann mit der Zeit in das Sozialministerium kommen und dort vielleicht etwas für die Stiefkinder der Gesellschaft tun kann.

Grüße Deine liebe Mutter sehr herzlich. Ich werde schon wieder von mir hören lassen. Ich weiß noch nicht, wie es mit mir wird ab August, aber ich werde Dich schon auf dem laufenden halten.

Viele herzliche Grüße!

Dein Freund Marc."

Nach diesem Brief war ich so strahlender Laune, daß ich die ganze traurige Geschichte mit Walter und meinem verlorenen Geld beinahe vergessen hätte. Ich würde es schon schaffen. Ich würde mich finanziell wieder hochkrabbeln.

Wenn Marc es schaffen konnte, dann konnte ich es auch. Das wollte ich mir selbst und ihm beweisen.

Ich war froh, als meine Chefin vom Café Elmenfrieden mich fragte, ob ich gewillt wäre, in den Ferien auch freitags und sonnabends bei ihr zu arbeiten. Bei diesem schönen Sommerwetter war das Café jedes Wochenende bis auf den letzten Platz besetzt. Die

Arbeit strengte mich nicht mehr so sehr an: Erstens war es eine Gewohnheit geworden, und zweitens fühlte ich mich munter und gut aufgelegt – jetzt, da ich keine Schularbeiten zu machen hatte. Ich war immer ausgeruht und ausgeschlafen, wenn ich freitags die Arbeit anpackte.

Mutti sah mich lächelnd an, als ich an einem Sonntagabend nach Hause kam.

„Weißt du was, Moni. Ich habe den Eindruck, daß dieser Job für dich einfach eine Erholung ist. Du siehst zur Zeit sehr munter und frisch aus."

„Aber Mutti, das ist kein Wunder. Ich mag die Arbeit. Sie macht mir viel Spaß. Ich kann nur eins nicht begreifen: In der letzten Zeit sind alle Leute netter, und sie sind wirklich zum großen Teil großzügig mit dem Trinkgeld. Kannst du begreifen, woran das liegt?"

„Gewiß kann ich das begreifen", sagte Mutti. „Das liegt nicht an den Leuten, das liegt an dir."

„An mir?"

„Na klar! Wenn eine junge Serviererin munter, fröhlich und hilfsbereit ist – denn das bist du bestimmt –, dann kriegt man Lust, ihr ein Trinkgeld zu geben."

Die Worte „munter" und „hilfsbereit" schufen eine eigenartige Verbindung in meinem Kopf.

„Weißt du, Mutti, wer auch munter geworden ist, das ist Marc. Hast du nicht den Eindruck auch nach dem, was ich dir aus seinem letzten Brief vorlas?"

„Doch, Moni, ich habe den Eindruck, und es freut mich so sehr!"

„Und wo du doch alles verstehst, weißt du vielleicht auch dafür den Grund?"

„Oh, vielen Dank! Ich wünschte, ich könnte alles verstehen. Aber dies, glaube ich, verstehe ich doch. Wir sprachen einmal darüber, daß Marc sich immer wie ein Außenseiter gefühlt hat. Das hat sich geändert. Einmal durch die schöne Zeit bei seinem Großvater. Und dann hat er dich kennengelernt. Er weiß, daß wir ihn sehr gern mögen und das spielt gewiß eine große Rolle bei ihm. Vielleicht ist der Wunsch des Großvaters in Erfüllung gegangen und Marc betrachtet uns als festen Punkt in seinem Leben."

Und ich dachte:

Ach, wenn ich für das ganze Leben der feste Punkt in Marcs Dasein bleiben könnte!

Walter

Als Jutta eines Tages Ende Juli bei mir vorbeikam, fand sie mich mit einer außerordentlich interessanten Arbeit beschäftigt. Ich ribbelte eine uralte Strickjacke auf.

„Nanu", sagte Jutta. „Was machst du denn?"

„Ich ribbele auf, wie du siehst, teure Freundin, mit der löblichen Absicht, nachher die Wolle zu waschen und mir einen neuen Pullover daraus zu stricken."

„Mensch", sagte Jutta. „Du bist ja auch ein Schaf! Wozu haben wir Muttis Strickapparat? Nun paß mal auf: Kannst du bis morgen die Wolle gewaschen haben? Ich helfe dir beim Ribbeln. Dann komm zu mir, und wir werden eins – zwei – drei deinen Pullover fertig haben. Ich kenne mich mit Muttis Apparat aus, und morgen ist sie zufällig nicht da."

„Ach Jutta, wie himmlisch! Denn wenn du denkst, daß ich mich auf das olle Stricken freue, dann irrst du dich."

„Endlich kann ich dir einen kleinen Gefallen tun", sagte Jutta, und sie strahlte förmlich.

Wir stellten das Fernsehen an, und während das lief, ribbelten wir alles auf, und Jutta zeigte mir, wie ich die Wolle am besten waschen konnte. Am folgenden Tag ging ich dann zu Jutta. Frau Brander war gerade dabei, sich fertigzumachen, um auszugehen. Sie hatte sich in der letzten Zeit richtig erholt. Die Sommersonne hatte ihr

Farbe gegeben, und ihre Wangen waren auch etwas runder geworden.

„Sie sehen prächtig aus, Frau Brander!"

Da strahlte sie.

„Findest du? Ich habe es ja auch so gut, wie seit Jahren nicht mehr. Meine Jutta ist eine kleine Perle. Sie nimmt mir beinahe die ganze Hausarbeit ab. Und Walter . . . an dem habe ich eine ganz große Freude gehabt: Er ist im Geschäft schon befördert worden! Weißt du, Moni, so was ist nun mit das Schönste, was eine Mutter erleben kann."

In dem Augenblick wurde mir klar, sonnenklar, daß ich an dem schrecklichen Apriltag richtig gehandelt hatte.

Frau Brander setzte den Hut auf, nahm ihre Tasche und nickte uns freundlich zu:

„Dann viel Vergnügen, Mädchen! Jutta, du kennst dich ja ganz gut aus mit der Maschine. Wenn du vielleicht ein paar bunte Streifchen zu dem Weißen haben möchtest, Moni, dann könnt ihr euch aus dem Korb da bedienen. Da liegen so allerlei Reste. Du wirst bestimmt etwas Passendes finden."

Dann ging sie. Jutta fing gleich an, die Maschen aufzuschlagen. Und dann ging das Stricken los. Nein, wie wunderbar schnell ging das, und wieviel Spaß müßte das machen!

„Jutta, darf ich mal selbst versuchen?"

„Natürlich, komm. Ich zeige es dir, setz dich mal her."

Ich saß auf Juttas Platz und schob den Griff hin und zurück. Jedesmal bildete sich eine neue Reihe. Nein, machte das Spaß! – Ich war so eifrig, daß ich gar nicht merkte, wie die Tür hinter mir aufging. Erst als ich jemand „Guten Tag" sagen hörte, drehte ich mich um und sah, daß Walter gekommen war.

„Nanu", sagte er. „Seit wann haben wir Selbstbedienung im Hause?"

„Reg dich nicht auf", sagte Jutta. „Mutti hat es uns selbstverständlich erlaubt, die Maschine zu benutzen. – Hast du Durst,

Walter? Ich möchte uns gerade eine Tasse Kaffee machen. Trinkst du mit?"

Der Bruder beantwortete die Frage nicht. Er wandte sich an mich:

„Na ja, so kann man es auch machen. Sehr praktisch. So spart man das Geld für die Strickerin. Das Stricken ist ja sonst Muttis Beruf. Aber das weißt du vielleicht nicht."

„Nun mach mal einen Punkt, Walter", sagte Jutta. „Dies geht dich überhaupt nichts an. Und selbstverständlich erlaubt mir Mutti, daß ich Moni diesen winzigen Gefallen tue."

„Bestimmt erlaubt Mutti das", sagte Walter. „Aber ich darf vielleicht auch meine persönliche Meinung äußern: Ich finde, wenn ein Mädchen jedes Wochenende so viel Geld verdient, dann könnte sie es sich auch leisten, dafür zu zahlen, daß ihre Kleider gemacht werden."

Jetzt war Jutta glühendrot vor Wut. Ich sprang auf . . . so schnell, daß meine Handtasche, die neben mir stand, umkippte und ihren ganzen Inhalt über den Fußboden ergoß. Gleich darauf lagen Jutta und ich auf den Knien und sammelten blitzschnell Portemonnaie, Taschentuch und Schlüsselbund und was sich sonst so in einer Tasche befindet, auf.

„Komm, Jutta", sagte ich. „Du wolltest doch Kaffee machen. Ich komme mit dir in die Küche."

Beinahe mit Gewalt schleppte ich sie mit. Ich hatte das Gefühl, daß sie kurz vor dem Platzen war, und Walter durfte nicht wissen, daß ich es war, die ihm damals geholfen hatte. Ich wollte vor allem nicht seine Dankbarkeit haben.

In der Küche legte ich meinen Arm um Jutta.

„Immer mit der Ruhe, Jutta", sagte ich. „Ich kenne ja Walter. So ist er immer zu mir gewesen. Warum, das ahne ich nicht."

Jutta biß sich auf die Lippe. Tränen standen ihr in den Augen.

„O Moni, wenn du wüßtest, wie schrecklich es mir ist! Weißt du, ich fürchte, wenn du mich jetzt nicht mit hier rausgeschleppt hättest, dann wäre ich wohl geplatzt – trotz Ehrenwort, trotz allem.“

„Das darfst du nicht, Jutta, du würdest mir damit keinen Gefallen tun. Walters Unverschämtheiten kann ich aushalten, aber peinliche Dankbarkeitstränen weniger. Außerdem hätte er keinen Grund, dankbar zu sein. Ich habe es nicht seinetwegen getan. Das weißt du ganz genau. Zu neunzig Prozent habe ich es für deine liebe Mutter getan, zehn Prozent für dich.“

Jutta wischte schnell die Augen mit dem Handtuchzipfel.

„Schwamm darüber, Jutta“, sagte ich. „Erzähle lieber, wo die Kaffeemühle ist. Ich mahle schnell den Kaffee.“

Gerade als ich den gemahlenen Kaffeee in den Filterbecher schüttete, ging die Tür auf. Da stand Walter. Ein ganz anderer Walter. Sein Gesicht war völlig verändert. In der Hand hielt er ein kleines Büchlein. Ich erkannte es sofort. Es war mein Sparbuch.

„Hier, Monika“, sagte er. „Ich glaube, dies gehört dir.“

Ich riß das Buch an mich.

„Wie in aller Welt kommst du zu meinem Sparbuch?“

„Es lag auf dem Fußboden. Ist wohl aus deiner Tasche rausgeplumpst. Ich habe reingeguckt. Willst du mir etwas sagen, Monika? Warum hast du am 12. April neunhundertachtzig Mark abgehoben?“

„Das geht dich einen Dreck an“, sagte ich. „So antwortest du ja gewöhnlich, wenn man dich etwas fragt.“

„In diesem Falle geht es mich aber an.“ Er guckte mich an, kniff die Augen zusammen, schwieg einen Augenblick, dann sagte er:

„Warum in aller Welt hast du das getan?“

„Weil ich Lust hatte, und übrigens wiederhole ich: das geht dich überhaupt nichts an!“

Jetzt war ich es, die ganz kurz vor dem Heulen war.

„Du erwartest wohl jetzt von mir, daß ich vor dir niederknie und meine Dankbarkeit ausdrücke?“

„Nein, das erwarte ich wahrhaftig nicht! Wenn du für einen

Groschen Taktgefühl besäßest, dann hättest du erstens nicht hineingeguckt und zweitens, wenn du es schon tatest und entdecktest, nun ja, was du eben entdeckt hast, dann hättest du kein Wort gesagt, sondern mir das geschlossene Buch zurückgegeben."

„So, das hätte ich? Du willst mir vielleicht weismachen, daß du dein Wissen für dich behalten hast. Wie viele Menschen in der Stadt laufen nun herum und wissen, was für ein großartiger Engel du gewesen bist? Daß du dem armen leichtsinnigen Walter Brander aus der Patsche geholfen hast?"

„Nun hörst du aber auf!" sagte ich, glühend vor Wut. „Ich habe es keinem einzigen Menschen gesagt – nicht einmal meiner eigenen Mutter, der ich doch sonst alles erzähle. Jutta hat es gewußt; ich selbst habe es gewußt, wir waren die einzigen bis zu diesem Augenblick, da du es leider – leider – weißt."

„So!" sagte Walter. Wieder schwieg er. Wieder sah er mich an. „Und willst du mir dann nur die einzige Frage beantworten? Ich wiederhole sie: Warum hast du es gemacht?"

„Du fragst wie der Dummkopf, der du bist. Ich habe es deiner Mutter wegen gemacht. Das mußt du dir doch sagen können. Deinetwegen bestimmt nicht. Mir wäre es schon recht gewesen, wenn du ins Gefängnis gerutscht wärest. Da hättest du vielleicht Zeit gehabt, über deine Dummheiten nachzudenken, und das wäre sehr gesund für dich gewesen."

Jetzt hatte Jutta sich so gefaßt, daß sie etwas sagen konnte.

„Eines weiß ich, was du machen könntest, Walter: Du könntest zurücknehmen, was du Moni vorhin gesagt hast über ihren Verdienst und das Stricken hier."

„Gut!" sagte Walter. „Ich nehme es hiermit zurück."

Dann machte er kehrt und verschwand.

Als wir mit dem Kaffeetablett ins Wohnzimmer zurückkamen, war Walter fort. Jutta guckte aus dem Fenster.

„Weggefahren", sagte sie. „Sein Moped ist nicht da."

„Glaubst du, daß er den Mund hält?" fragte ich.

„Und ob er das tut! Denkst du vielleicht, daß es für ihn ein Vergnügen sein würde, wenn jemand die ganze Geschichte zu wissen bekäme? Vor allem wird er schon dafür sorgen, daß Mutti es nie erfährt, dafür garantiere ich!"

„Gott sei Dank", sagte ich. „Das ist mir die Hauptsache. – So, Jutta, nun sprechen wir von was anderem. Ich kann bald nicht mehr das Wort ‚Geld' hören. Gucken wir uns doch die Wollreste deiner Mutter an. Ich möchte so gern ein paar hellblaue Streifen um die Ärmel und um den Halsausschnitt haben."

Als es am nächsten Nachmittag bei uns klingelte, hatte ich eine Ahnung, daß es Jutta sein würde. Es stimmte. Sie überreichte mir einen Brief. Ich kannte die Handschrift nicht, aber ich wußte schon, von wem er war. Er machte es sich leicht. Er schickte die Entschuldigung schriftlich. Ich öffnete den Umschlag.

Nein, es war kein Brief. Es waren ein paar sehr nüchterne Zeilen: „Der Unterzeichnete erklärt hiermit, von Fräulein Monika Hasseldorf ein Darlehen von 980,– DM, geschrieben Neunhundertachtzig DM, erhalten zu haben. Das Geld soll mit 4 Prozent Zinsen im Laufe eines Jahres zurückgezahlt werden, und zwar mit 100,– DM am 1. jeden Monats. Die erste Zahlung findet am 1. August statt." Dann Datum und Unterschrift.

Das unergründliche Schicksal wollte es, daß ich zwei, drei Tage später Walter auf der Straße traf. Er blieb stehen. Ich auch.

„Ich danke für den Brief, Walter. So ist es okay."

„Na, ist ja gut, daß du das findest. Ich möchte übrigens bei dieser Gelegenheit nur etwas fragen, Moni." Ich notierte, daß er mich zum ersten Mal „Moni" nannte, früher hatte er immer „Monika" gesagt. „Daß du damals helfen wolltest, kann ich ja verstehen, weil du an meine Mutter dachtest. Aber warum in aller Welt warst du so dämlich, mir nicht das Geld als Darlehen anzubieten? Ich hätte es natürlich mit tausend Freuden angenommen und dir sofort eine Quittung ausgestellt."

Da mußte ich beinahe lächeln.

„Ja, Walter, das habe ich mich selbst auch gefragt: Warum in aller Welt habe ich das nicht getan? Der Grund ist wohl, daß ich – wie du sagst –, daß ich dämlich war, unverzeihlich dämlich."

„Dusselig warst du", sagte Walter. „So dusselig, daß man denken könnte, du hast ein Brett vor dem Kopf. Du warst wohl so weit zurück in der Schlange – damals, als der liebe Gott Grips verteilte."

„Grips ist nicht immer das wichtigste, Walter!" sagte ich.

„Möglich", nickte Walter. „Vielleicht warst du ein bißchen weiter vorn in der Schlange, als der liebe Gott die Herzen verteilte. Na, mach's gut, Moni!"

Zum ersten Mal reichte mir Walter die Hand. Wir standen auf der Straße. Gerade da fuhr ein schwerer Laster vorbei. Ich sah, daß Walter etwas sagte, aber ich konnte es nicht hören. Doch ich glaube, daß es ein „danke" war.

Neben der Mülltonne

Das Telefon klingelte früh am Morgen. Ich lief hin.

„Oh, liebes Fräulein Hasseldorf", sagte eine aufgeregte Stimme. Ich erkannte sie gleich. Es war Frau Harms, die Wirtin von Elmenfrieden. „Liebes Fräulein Hasseldorf, können Sie uns in einer schrecklichen Situation helfen? Wissen Sie, Fräulein Johannsen ist erkrankt, und ausgerechnet heute kriegen wir eine große geschlossene Gesellschaft. Es ist ein Betriebsfest. Wäre es Ihnen wohl möglich, sofort herzukommen? Selbstverständlich werde ich anständig zahlen. Können Sie das tun, Fräulein Hasseldorf?"

„Klar", sagte ich. „Ich komme sofort. Ich muß mich eben schnell umziehen, dann springe ich aufs Rad."

„Oh, Sie sind wirklich eine Perle, daß Sie mir aus der Klemme helfen. Gut, also kommen Sie. Tausend, tausend Dank!"

Mutti war nicht da. Sie hatte wieder Vormittagsdienst, und ich war allein zu Haus. So kritzelte ich nur ein paar Worte auf einen Zettel, legte ihn hin, und dann machte ich mich aus dem Staube.

Es war ein herrlicher Tag, Anfang August. Ich radelte so schnell wie ich konnte, aber zehn Kilometer sind nun immerhin eine tüchtige Strecke, und ich hatte Zeit zu überlegen, während ich radelte. Ich dachte selbstverständlich an Marc. Jetzt mußten seine Semesterferien angefangen haben. Ob er noch in Köln war? Was machte er? Ob er einen Sommerjob gefunden hatte? Er war an der Reihe zu schreiben. Ich hatte ihm vor einer Woche ungefähr einen langen Brief geschrieben. Ach, warum war er nicht ein bißchen näher? Allerdings sagte ich mir, wenn er nun hier gewohnt hätte, so wäre es fraglich, ob wir uns dann wirklich besser gekannt hätten als jetzt. Wir hatten uns eigentlich durch die Briefe so gut kennengelernt. Aber seit einem halben Jahr hatten wir uns nicht gesehen. Ich hätte ihn so schrecklich gern wiedergesehen! Würde es sich nicht irgendwie machen lassen?

Über dieses Problem dachte ich nach, während ich auf die Pedale trat. Und da tauchte Café Elmenfrieden auf.

Ich stellte das Rad hin und ging um das Haus, wie immer zum Kücheneingang. Als ich die Hand auf der Klinke hatte, wurde die Tür von innen aufgemacht. Da kam jemand raus mit einem vollen Abfalleimer in der Hand.

Gerade wollte ich zur Seite treten, um dem Kommenden freie Bahn zu lassen, da blieb ich stehen. Ich traute meinen Augen nicht.

„Marc!“

Er stellte den Eimer hin. „Moni, bist du hier . . . heute? Ich freue mich die ganze Zeit auf Freitag. Da erwartete ich dich hier . . .“

„Ich wurde gerufen wegen Krankheits-Ausfällen. Aber, Marc . . . seit wann, seit wann bist du hier?“

„Seit gestern erst. Moni, Liebes, wie geht es dir?“

Ich konnte mein eigenes Herz klopfen hören. Wußte er selbst, was er gesagt hatte? Wußte er, daß er „Moni, Liebes“ sagte?

„O Marc, es geht mir gut. Es geht mir nur gut, und gerade jetzt, gerade jetzt geht es mir extra gut! Marc, wie lange sollst du hier arbeiten? Wo wohnst du, und wieso bist du gerade hierher gekommen? Und . . .“

„Warte, warte“, sagte Marc. „Ich erzähle dir schon nachher alles. Gerade jetzt haben wir furchtbar viel zu tun in der Küche.“

Er nahm den Abfalleimer und ging über den kleinen Hof. Ich ging hinterher. Dann kippte er den Eimer aus, stellte ihn wieder hin, blieb einen Moment stehen, guckte mich an. Sein Gesicht war ein einziges Lächeln.

„Moni, du bist noch hübscher, als ich wußte. Wie hast du dich herausgemacht, Mädchen! Es ist herrlich, dich wiederzusehen.“

Komisch: Es gehörten also nicht unbedingt Mondschein und leise Musik dazu, verliebt und glücklich zu sein. Ich entsann mich nicht, jemals in meinem Leben so glücklich gewesen zu sein, wie in diesem Augenblick, als ich neben dieser stinkenden Mülltonne stand, die Augen auf Marcs lächelndes Gesicht gerichtet.

In der Küche wurde fieberhaft gearbeitet. Eine Menge Gemüse mußte geputzt werden. Oh, unsere gesegnete Wirtin, die gute Frau Harms. Sie fragte, ob ich wohl Herrn Becker beim Gemüseputzen helfen könnte. Und ob ich das könnte!

Gemüseputzen war nie meine Lieblingsarbeit gewesen, aber in dieser Stunde änderte sich meine Meinung: Gemüseputzen war eine wunderbare Arbeit. Da sitzt man in aller Ruhe. Man braucht gar nicht zu denken. Die Hände arbeiten automatisch, man kann sich unterhalten. Und wie dringend nötig hatten wir es, Marc und ich, uns zu unterhalten. Er erzählte mir, wie ihm der Gedanke gekommen war – als er sich in allem Ernst nach einem Sommerjob umsehen mußte –, daß man ihn hier in Elmenfrieden voriges Jahr so gern hätte haben wollen. Dann habe er hergeschrieben. Die Antwort kam umgehend. Ja, man brauchte dringend Arbeitskräfte. Wohnen könnte er hier auch. Und jetzt war er da. Frau Harms hatte ihn vorerst bis Ende September engagiert.

„O Marc“, sagte ich. „Ist das prima! Sag mal, du hast doch hoffentlich einen freien Tag jede Woche?“

„Habe ich, Moni, habe ich – jeden Montag. Du müßtest es eigentlich wissen, daß Montag hier immer zu ist.“

Natürlich wußte ich das.

„Mutti wird sich freuen, wenn ich ihr erzähle, daß du hier bist, und daß du jeden Montag den ganzen Tag bei uns verbringen kannst.“

„Ach so, kann ich das? Wer hat das denn gesagt?“

„O Marc, du altes Scheusal, das ist doch selbstverständlich!“

„Nun ja, wenn du es für selbstverständlich hältst, dann natürlich!“

Dann erzählte er von seinen Studien, wieviel Freude er daran hätte, wie gut die Arbeit ging. Dann vertraute er mir an, er hätte die schwache Hoffnung, schon im Frühjahr sein Examen machen zu können. Aber dann müßte er auch wie ein Verrückter arbeiten.

„Aber Marc, dann kannst du ja keine Jobs haben, wenn du so konzentriert arbeiten mußt!“

„Eben, kann ich auch nicht. Deswegen bin ich jetzt sparsamer denn je. So, wenn du dir einbildest, daß ich dir jetzt Orchideen schenke oder Pralinen, oder dich mit ins Kino einlade, oder ...“

„Ach nee, was du nicht sagst! Und ich dachte, wir würden jeden Tag ausgehen. Du bist ein Schafskopf, Marc. Natürlich mußt du sparen, und wie! Es ist doch das wichtigste von allem, daß du so bald wie möglich dein Staatsexamen machst. Wenn du unbedingt einen Film sehen mußt, dann kommst du zu uns zum Fernsehen. Das kostet dich überhaupt nichts. Und wenn du mir Blumen schenken willst, möchte ich bemerken: Hier wachsen sehr viele wunderbare, bunte Feldblumen. Und was Pralinen betrifft, bin ich ganz aus der Gewohnheit gekommen.“

„Moni, weißt du eigentlich, daß du ein einmaliges Mädchen bist?“

„So – bin ich das? Wieso kannst du das beurteilen? Kennst du so viele Mädchen?“

„Nein, eigentlich nicht. Weißt du, ich habe mich immer ein bißchen gescheut, gerade weil ich – das klingt so komisch, aber du weißt ja, wie es immer bei mir war – gerade weil ich es mir finanziell nicht leisten konnte. Ich konnte doch nicht irgendeinen kleinen Flirt anfangen, ohne die Gelegenheit zu haben, das Mädchen zu einer Tasse Tee einzuladen. Na ja, dann habe ich es eben gelassen. Aber dann wollte nun das Schicksal, daß ... daß ..."

„... das gesegnete, wunderbare Kind Gérard an dem bewußten Abend anfing, so abscheulich zu heulen."

„Ja, und wenn du wüßtest, wie lange ich es mir überlegt habe an dem Abend, ob ich nun nach unten gehen sollte, um meine Hilfe anzubieten. Weißt du, es liegt mir ja eigentlich nicht, mich in anderer Leute Sachen zu mischen, aber dann tat eben das arme Würmchen mir zu leid, und ..."

„Welches arme Würmchen, Marc: Gérard oder ich?"

„Das kannst du auffassen, wie du willst."

Unsere Hände liefen mit unseren Zungen um die Wette. Frisch geputzte Karotten, Bohnen und Erbsen häuften sich in den Schüsseln. Dann waren wir mit der Arbeit fertig.

Frau Harms kam hin zu uns. Munter sagte sie:

„Na, das ging ja wunderbar schnell. Fräulein Hasseldorf, könnten Sie dann so nett sein, die Tische zu decken? Herr Becker hilft Ihnen, die Tischtücher aufzulegen. Den Rest schaffen Sie allein."

„Wird gemacht, Frau Harms!"

Ach, wie gingen an diesem Tag die Pflichten leicht von der Hand! Nie hatte eine Arbeit mir so viel Spaß gemacht. Ich lief und summte so vor mich hin, während ich die Tische deckte, und ich fand das Leben unglaublich schön.

Eigentlich wurde es ein recht anstrengender Tag, aber ich spürte es nicht. Marc und ich mußten beide servieren, als das große Essen losging, und wir kamen dann natürlich keine Sekunde zur Ruhe. Nachher mußten wir beim Abwaschen helfen.

„Nächstes Jahr kriegen wir einen Geschirrspülautomaten", sagte Frau Harms. „Aber dieses Jahr müssen wir in alter herkömmlicher Weise auskommen."

Gott sei Dank, daß keine Geschirrspülmaschine hier ist! dachte ich. Dann hätte ich nicht anderthalb Stunden neben Marc verbringen können mit Abwaschen und Weiterplaudern. Oh, wir hatten ja so furchtbar viel zu besprechen!

Es war am Abend schon dunkel, als ich entlassen wurde, nachdem ich Frau Harms versprochen hatte, am folgenden Tage wiederzukommen. Ob sie ahnte, wie gern ich zusagte!

Ich hatte keine Fahrradlampe und mußte mit dem Bus fahren. Marc brachte mich zur Haltestelle. Er hatte den Arm um meine Schultern gelegt, und wir gingen langsam und immer langsamer durch den stillen warmen Sommerabend. Wir schwiegen beide. Wir konnten es uns jetzt leisten. Wir wußten, daß wir viele Tage miteinander verbringen würden. Jetzt hatten wir die Zeit vor uns. Wir brauchten nicht mehr hastig zu sprechen, zu fragen und zu erzählen.

Wir waren so langsam gewandert, daß der Bus mir schließlich vor der Nase wegfuhr, oder vielmehr: Fünfzig Meter vor uns sahen wir ihn verschwinden. Es war eine halbe Stunde bis zum nächsten. Dann gingen wir weiter durch ein Wäldchen, wo alles still und wunderbar ruhig war. Es duftete nach Sommernacht. Es duftete nach Blumen, nach Bäumen, und weit weg hörten wir die Waldkäuze. Der Gedanke schoß mir durch den Kopf: Man kann auch glücklich sein neben einer Mülltonne, wenn man mit dem heißersehnten und lieben Mann spricht, aber ein bißchen Wald, Sommernacht und Blumenduft sind auch nicht zu verachten.

Marc blieb stehen. Er guckte mir ins Gesicht. Seine Augen waren mild, voller Wärme. Nie hatte ich sie so schön gesehen.

„Monilein!" sagte er. Ich antwortete nicht. Ich hörte mein eigenes Herz klopfen; denn jetzt wußte ich, was kommen sollte, und es kam ...

Als Marc mich küßte, wußte ich, daß dies kein Flirt war, nur der augenblicklichen Stimmung entsprungen. Es war viel, viel mehr. Es war ein Kuß, der um etwas bat und der sehr viel versprach. Ich glaube, Marc hat auch gefühlt, daß ich seine Bitte bejahte und sein Versprechen annahm.

Diese kleine halbe Stunde, während wir auf den nächsten Bus warteten, war bisher die schönste in meinem Leben.

Pfeif auf das Auto!

Ich traf Mutti erst am folgenden Morgen am Frühstückstisch.

„Na, wie war es gestern? Sehr anstrengend, nehme ich an."

„O ja, aber . . ."

Mutti guckte mich an: „Aber . . .", sie lächelte. „Sag mal, Moni, ist Marc in der Stadt?"

„Mutti, bist du Hellseherin?"

„Das nicht, aber ich hatte so ein Gefühl. Du siehst so glücklich aus, Moni!"

„Bin ich auch, Mutti. Das stimmt, Marc ist in der Stadt, oder vielmehr da draußen in Elmenfrieden. Er hat dort einen Sommerjob. Und Mutti, Frau Harms hat mich gebeten, heute wiederzukommen . . . überhaupt solange Fräulein Johannsen krank ist."

„Wie schön für dich mein Kind", sagte Mutti. „Möchtest du Kaffee oder Kakao?"

Keine Frage mehr und kein Wort. Oh, meine Mutti! Sie verstand, daß sie nicht fragen sollte. Sie verstand gewiß auch, daß ich gelegentlich erzählen würde, aber es jetzt nicht konnte.

Aber als ich nach einem sehr schnellen Frühstück aufsprang, um zum Bus zu laufen, da streichelte mir Mutti übers Haar.

„Kleine Moni!" sagte sie, weiter nichts.

Als Mutti am folgenden Montag von ihrem Vormittagsdienst kam, fand sie Marc im Wohnzimmer. Ich stand in der Küche und machte das Mittagessen zurecht.

„Es ist sehr, sehr nett, Sie wiederzusehen", begrüßte sie ihn. „Sie sehen gar nicht aus, als hätten Sie ein anstrengendes Semester hinter sich, viel eher so, als ob Sie gerade vom Urlaub kämen."

Erst jetzt, als ich Marc und Mutti zusammen erlebte, entdeckte ich, wie sehr Marc sich verändert hatte. Er war sicherer, freier und vor allem: Er sah glücklicher aus. Er erzählte von seinem Leben in Köln, von seinem Studium und von seiner Arbeit als Privatchauffeur. Frei, offen und fröhlich.

Als wir am Kaffeetisch saßen, wurde er aber schweigsam. Es sah aus, als ob er sich etwas überlegte. Dann guckte er hoch, sah Mutti direkt ins Gesicht und sagte:

„Frau Hasseldorf, ich habe etwas zu fragen."

„Ja, Marc!"

„Ja, es ist eine sehr wichtige Frage für mich. Es ist eine große Bitte ..."

„Schießen Sie los, Marc! Ich bin auf alles gefaßt."

„Wirklich auf alles – buchstäblich?"

Nun lächelte Mutti ihr kleines allwissendes Lächeln.

„Ich glaube schon, Marc. Sprechen Sie ruhig!"

„Frau Hasseldorf, ich muß Ihnen zuerst erzählen, daß ich ... na ja, daß ich Moni ganz schrecklich lieb habe."

„Ja ..."

„Und dann möchte ich Sie fragen: Wenn ich es nun schaffe, so wie ich es geplant habe ... ich meine, wenn ich in einem Jahr mein Staatsexamen mache ..., dürfte ich dann ..."

„Gewiß", sagte Mutti, „dann dürfen Sie an Monis neunzehntem Geburtstag die Verlobung feiern."

„Frau Hasseldorf, Sie sind ... Sie sind einmalig!"

„Wieso einmalig, Marc? Ist es denn so komisch, daß man ‚ja' sagt, wenn man seinen eigenen größten Wunsch erfüllt bekommt?"

„So meinen Sie das, Frau Hasseldorf?"

„Ja, Marc, so meine ich es! Ich habe Sie kennengelernt, ich habe Sie schätzengelernt, und es gibt keinen Mann, dem ich Moni lieber anvertrauen möchte. Natürlich ist es ein bißchen verrückt, sich zu verloben, wenn man noch keine achtzehn Jahre ist, nicht wahr, Moni? Andererseits wollte das Schicksal es nun eben, daß ihr euch in einem so jungen Alter kennengelernt habt, und ... ach was, genug geredet. Komm nun endlich, Marc, und laß dich von der alten Schwiegermutter in die Arme nehmen!"

„Weißt du, Marc", sagte ich später am Abend, „weißt du selber, daß du ein ganz neuer Mensch geworden bist?"

„So, bin ich das? Darf ich mal fragen, in welchen Menschen du dich verliebt hast – in den alten oder in den neuen?"

„In beide", lächelte ich. „Doch woran liegt es? Warum hast du dich so verändert? Sag bloß nicht, daß es unsere Verlobung ist! Wir sind ja noch nicht verlobt, Marc. Das kommt erst an meinem neunzehnten Geburtstag. Aber das ... das mit dir und mir, das ist es auch gar nicht. Du warst schon ein neuer Mensch, als wir da neben der Mülltonne standen. Woran liegt das nur?"

Es war Mutti, die antwortete:

„Weißt du, Moni, das kann ich verstehen. Als wir Marc kennenlernten, war er sozusagen noch das Waisenkind. Er hatte eben seinen Großvater kennengelernt. Er hatte sich noch nicht daran gewöhnt, eine Familie zu haben. Stimmt es, Marc? Ich meine, du hast jetzt ein anderes Gefühl. Ich wette, daß in deinem Zimmer ein Bild von deinem Großvater steht und vielleicht ein Jugendbild von deinem Vater. Du hast eine Familie, oder vielmehr – du hast eine gehabt. Du bist nicht mehr allein auf der Welt. Wenn auch dein lieber Opa dich verlassen hat, wenn auch deine Eltern gestorben sind, du hast einen Kontakt mit ihnen allen bekommen. Stimmt das nicht?"

„Haargenau. Gerade das, was du von den Bildern sagst. Weißt du, das Gefühl, auf dem Nachttisch ein Bild von den Eltern zu haben ... ich kann dir gar nicht sagen, was mir das bedeutet. Und sagen zu können: ‚Mein Großvater hat's mir erzählt' oder ‚Das sagte mein Großvater immer' oder ‚Mein Großvater meinte' ... dieses Gefühl, nicht aus dem Nichts gekommen zu sein und nichts zu haben ... Oh, ich drücke mich ungeschickt aus, meine liebe Schwiegermutter ... .“

„Höre, Marc, wenn du mich Schwiegermutter nennst, dann nehme ich mein Versprechen zurück. Wäre es nicht möglich, daß du mich ganz einfach ‚Mutti‘ nennst?“

„Und ob das möglich ist!“ sagte Marc.

Es trat eine kleine Pause ein, dann lächelte er und drehte sich um zu mir:

„Sag mal, Moni, was machen eigentlich deine Autopläne? Wirst du mich nächstes Jahr mit deinem eigenen Auto vom Bahnhof abholen?“

Ich schüttelte den Kopf.

„Nein, Marc, das will ich nicht. Das Auto habe ich auf die lange Bank geschoben, auf eine sehr lange Bank sogar.“

„Und was machst du denn jetzt mit all deinem Geld?“

„Das werde ich dir sagen. Ich warte darauf, daß wieder Ausverkauf kommt, dann kaufe ich mir viele Meter Lakenstoff und viele Meter Frotteestoff und was sonst zu einem einigermaßen vernünftigen Haushalt gehört, und dann setze ich mich hin und nähe.“

„Willst du denn weiter Geld verdienen und Geld sparen?“

„Ja, das kann ich dir flüstern. Und noch etwas will ich, Marc! Und falls du dagegen protestierst, mache ich alles rückgängig, verstehst du? Wenn ich es kann, und ich glaube, ich werde es können, dann will ich dir helfen, damit du dein Examen machen kannst, daß du lernen kannst und nur lernen und nicht an Geldverdienen zu denken brauchst. Wenn du mir das nicht erlaubst, Marc, dann bist du ... dann bist du direkt ein Schafskopf, und einen Schafskopf will ich nicht heiraten, damit du's weißt!“

„Hör, Moni, hast du mal von Männern gehört, die den Mädchen unter Eheversprechen die Sparbücher abknöpfen?“

„Das habe ich gehört, Marc. Aber ich versichere, ich bin viel zu schlau, um so was zu erleben. Wenn du willst, kannst du mir ja eine feierliche Quittung geben mit dem Versprechen, das Geld ratenweise zurückzuzahlen. Im Ernst, Marc, du sollst mir das erlauben. Ich könnte nie das Geld für ein blödes Auto verwenden, wenn ich wüßte, daß du nachts arbeiten müßtest, um tagsüber lernen und dein Examen machen zu können. Menschenskind, mir ist es doch genauso wichtig wie dir, daß du recht schnell dein Staatsexamen kriegst, damit wir auch ..."

„... recht bald heiraten können", ergänzte Marc. „Ja, Mutti, was sagst du denn bloß zu dem Vorschlag deiner leichtsinnigen Tochter?"

„Ich verstehe meine leichtsinnige Tochter sehr gut", sagte Mutti, „und ich bin ganz einverstanden. Ich finde, das ist eine außerordentlich gute Geldanlage, und du solltest dieses Angebot ohne Zögern annehmen, Marc. Dieses Mal hilft Moni dir, ein andermal – du wirst gewiß sehr oft Gelegenheit dazu haben – hilfst du Moni. Das nennt sich Kameradschaft!"

Marc überlegte einen Moment.

„Wollen wir es so abmachen, Moni: Solange es geht, werde ich dein Angebot nicht in Anspruch nehmen, aber wenn es nötig sein sollte, gebe ich dir Bescheid. Einverstanden?"

„Ja, einverstanden, falls du mir dein Ehrenwort gibst, wirklich Bescheid zu geben."

„Mein Ehrenwort, Moni!"

„Gut, also abgemacht! Und ich werde weiter Teller waschen und babysitten."

Selbstverständlich blieb unsere Verlobung vorerst ein Familiengeheimnis. Ich war ja noch ein Schulmädchen, und eine offizielle Verlobung kam erst in Frage, wenn ich mein Abitur und Marc sein Staatsexamen hatte. Soviel stand fest. Aber wie schön war es, in jedem freien Augenblick mit Marc Zukunftspläne schmieden zu können.

„Ein bißchen Aussteuer haben wir auch", sagte Marc stolz eines Tages. „Allerdings sind die Sachen, die ich von Opa habe, vielleicht sehr altmodisch und nicht besonders fein, aber ich meine, so anfangs ..."

„O Marc", sagte ich. „Du weißt ja gar nicht, wie ich mich darauf freue, gerade die alten Sachen von deinem Opa in unserem Heim aufstellen zu können – den kleinen braunen Schrank, die Kommode und den Tisch und die beiden Sessel. Die Sachen, die bei euch in der Wohnung standen und an denen ich hänge, die sollen doch immer bei uns bleiben, Marc."

„Familienbilder habe ich auch", sagte Marc stolz. „Habe ich dir eigentlich das Bild von meinem Vater als Kind gezeigt? Ach, das suche ich mal heraus, es liegt irgendwo eingepackt unten in eurem Keller."

Wir gingen also eines Nachmittags hinunter in den Keller und kramten. Dabei zeigte Marc mir dieses und jenes, Sachen, die ich noch nicht kannte, weil nach Opas Tod alles so schnell gehen mußte.

„Es tut mir eigentlich leid, daß Opa dies nicht miterleben durfte, er hätte sich so gefreut", sagte Marc.

Ich blieb sitzen und dachte nach.

„Weißt du, Marc, ich glaube, Opa hat geahnt, daß es einmal so kommen würde."

Dann erzählte ich Marc von meinem Gespräch mit seinem Großvater an jenem Abend, als Marc zur Apotheke ging, und daß ich versprochen hatte, für Marc ein fester Punkt zu sein.

Marc lächelte.

„Ja, dieses Versprechen hast du gehalten, Moni. Das kann man wohl sagen, du mein kleines festes Pünktchen."

Die Tage liefen viel, viel zu schnell. Wir feierten meinen achtzehnten Geburtstag, und es war ein wundervoller Tag. Ruth und Inge staunten nicht schlecht, als ich ihnen mitteilte, ich könnte sie in diesem Jahre nicht zum Geburtstag einladen. Ich hatte zum Glück einen wahren Grund. Ich erzählte, ich müßte arbeiten. Das stimmte auch. Ich arbeitete ein paar Stunden in Elmenfrieden, aber ich durfte früh am Nachmittag wieder fort. Marc hatte seinen freien Tag umtauschen können, so daß er nachmittags mit mir in die Stadt fuhr. Und dann feierten wir – Marc, Mutti und ich – ganz allein für uns, und es war wunderschön.

Als ich ein kleines Päckchen von Marc aufmachte, blieb mir die Luft weg. Auf weißem Samt lag ein goldener Ring, mit einem Topas in einer schönen altmodischen Fassung.

„Marc, du bist vollkommen verrückt. So was darfst du doch nicht!“

„Alles mit der Ruhe, Moni. Paß mal auf: Der Ring hat eine Geschichte. Ich habe ihn aus Opas Trauring machen lassen. Und der Topas – ja, das war ein Ohrring, der von meiner Großmutter liegengeblieben war. Den anderen hatte sie einmal verloren. Du kannst den Ring mit gutem Gewissen tragen, Moni.“

„O Marc, dann ist er mir auch ganz, ganz besonders lieb. Tausend, tausend Dank, Marc!“

In diesem Augenblick fiel es meiner immer diskreten Mutti ein, daß sie dringend etwas in der Küche zu erledigen hatte.

Ich bekam übrigens von Mutti sechs herrliche Frotteehandtücher. Sie waren der Grundstock meiner Aussteuer, und mir war ganz feierlich zumute. Dann fielen meine Augen genau wie vor einem Jahr auf einen Brief mit Opas Handschrift. Ich machte auf, und siehe da: Wieder lag ein Hundertmarkschein darin.

„Meine liebe Moni“, schrieb Opa,
„erstens bist Du heute achtzehn Jahre. Das ist ein ganz besonderer Tag. Zweitens hat Deine Mutter mir erzählt, daß mein Geschenk voriges Jahr eine Anregung für Dich wurde, ein Sparbuch anzulegen. Das finde ich sehr lobenswert. Deswegen möchte ich auch dieses Jahr mit derselben Summe beitragen und hoffe, daß Dein Sparkonto inzwischen gewachsen ist und daß Du nach wie vor Freude am Sparen hast. Der Tag wird bestimmt kommen, wo Du Dein Spargeld gebrauchen kannst.“

Ich lächelte und guckte Marc an. Er stand neben mir und schüttelte den Kopf über die gotischen Buchstaben in Opas Brief. Ich mußte ihn vorlesen.

„Ja", sagte Marc. „Dein Opa wird recht behalten. Der Tag kommt ganz bestimmt in nicht allzu langer Zeit."

An einem Septembertag mußte ich mich dann von Marc verabschieden. Er fuhr zurück nach Köln, zurück zu einem Jahr voll intensivster Arbeit. Ich war seit sechs Wochen in der Oberprima, und beinahe alles war wie vor dem Sommerurlaub – aber nur *beinahe* alles. Zweierlei war anders: Erstens war ich der glücklichste Mensch auf der Welt, zweitens war Melitta auch wahrscheinlich sehr glücklich. Sie hatte sich in diesem Sommer verlobt und die Schule aufgegeben. Jetzt lernte sie kochen und andere nützliche Sachen in einem Internat in der Schweiz. So mußte ich wieder auf meinem guten, alten Rad oder zu Fuß den Schulweg bewältigen.

Als Marc weg war, fing ich an, mich wieder nach kleinen Jobs umzusehen. Ich bekam diesmal ganz was Neues: Eine Kollegin von Mutti wurde krank und engagierte mich als Hundemädchen. Das heißt, ich ging jeden Morgen – noch vor der Schule – und holte ihren kleinen Hund zwecks „Gassigehen" ab, brachte ihn zurück, holte ihn mittags wieder und dann abends noch einmal. Die Besitzerin war froh und glücklich darüber, und mir machte es eigentlich Spaß, mit dem kleinen Vieh spazierenzugehen. Ich überlegte mir schon, ob Marc und ich nicht auch mal so ein kleines süßes Tierchen anschaffen sollten. Allerdings mußte ich jeden Morgen schrecklich früh auf; denn der kleine Hund war es gewohnt, morgens mindestens eine halbe Stunde herumtoben zu dürfen. Auf dem Heimweg von der Schule machte ich außerdem Besorgungen für die Hundebesitzerin. So half ich ihr über die Krankheitszeit, und sie bezahlte anständig dafür.

Der Hund war ein kleines schwarzes Knäuelchen – eine Mischung von Zwergschnauzer und schottischem Terrier. Er hieß übrigens Kisu. Angeblich sollte das finnisch sein und „Liebling" bedeuten. Kisu hatte ich ein Erlebnis zu verdanken, über das ich mich letzten Endes sehr gefreut habe, obwohl alles ganz schrecklich anfing.

Eines Morgens ging ich mit Kisu auf dem friedlichen kleinen Pfad durch die Schrebergärten. Das war das kleine Stück Weg, auf dem ich damals das denkwürdige Erlebnis mit Walter und seinem Moped und meinem ruinierten Regenmantel gehabt hatte. Wie lange war das her . . . Ich ging da und dachte an Walter, und ich dachte an Jutta, und – natürlich – dachte ich auch an Marc, aber das war ja nichts Außergewöhnliches. Kisu trottelte neben mir, brav und artig. Hier, wo gar kein Autoverkehr war, konnte ich es wagen, ihn frei laufen zu lassen.

Dann hörte ich plötzlich ein lautes Bellen, und von einem Grundstück kam ein riesengroßer Grönlandhund herausgestürzt, direkt auf Kisu zu. Es läßt sich nicht leugnen, daß Kisu eine aggressive Natur war. Er rannte also mit Todesverachtung auf den Großen los. Der wurde wütend über den kleinen Kläffer, und im nächsten Augenblick hörte ich ein jämmerliches Geheul von Kisu. Ich rannte hin. Es gelang mir, den kleinen Hund auf den Arm zu kriegen, aber nun war der große wirklich wütend geworden. Er sprang unaufhörlich an mir hoch. Er war überwältigend groß, und Kisu kläffte unermüdlich weiter und zappelte auf meinem Arm. Ich versuchte, dem großen Hund ins Halsband zu fassen, ihn loszuwerden – unmöglich. Jetzt war ich wirklich ängstlich, der Grönländer sah nämlich furchterregend aus, und ich hatte ja überhaupt gar keine Erfahrung mit Hunden. Ich rief um Hilfe. Niemand hörte mich. Wo in aller Welt war der Besitzer des Untieres? Als ich dicht vor der großen Verzweiflung war, hörte ich ein liebliches Geräusch: Motorengeknatter hinter mir! Ich hörte eine Bremse, und dann sah ich einen langen Arm, der hervorschoß und den Grönländer am Halsband packte. Und eine Stimme, eine Stimme, die ich sogar sehr gut kannte, rief: „Hau ab, Köter, und ein bißchen dalli! Verschwinde!“ Tatsächlich verschwand der große Hund durch das offene Tor, durch das er gekommen war, und ich drehte mich um. Da stand Walter. Am Wegrand lag sein blaues Moped. Er hatte sich nicht einmal die Zeit genommen, das Ding irgendwo hinzustellen.

„Na, sag mal“, fragte er. „Seit wann treibst du dich hier morgens mit wilden Tieren rum, Moni?“

„Ach Walter, wie gut, daß du gerade kamst! Ich war ganz verzweifelt.“

„Ja, so sahst du aus. Sag mal, was ist das nun für ein Abtreter, den du hier spazierenführst? Gehört er dir?“

„Mir! Ich bin Hundemädchen – Hundespazierenführerin.“

„Na, um ein Haar hättest du deinen Kunden verloren“, sagte Walter lachend. „Komm her! Halte deinen Bohnermop fest und klettere hinten aufs Moped. Ich fahre dich nach Haus. Sicher ist sicher! Der Köter könnte wiederkommen.“

„Das ist furchtbar nett von dir, Walter. Aber Walter, du mußt doch ins Geschäft!“

„Muß ich, muß ich! Aber ein Menschenleben zu retten – oder jedenfalls ein Hundeleben –, das ist ein schwerwiegender Grund. Da kann ich es mir wohl leisten, mit ein paar Minuten Verspätung zu kommen. So, hopp! Eins – zwei – drei, rauf mit dir!“

Ich saß hinten auf dem Moped. Mit einem Arm hielt ich Kisu fest, mit der anderen Hand hielt ich mich selbst fest – fest an Walters Schulter. Als ich dasaß, entdeckte ich, daß Walters linke Hand, die auf der Lenkstange lag, blutete.

„Sag mal, Walter, bist du gebissen worden?“

„Ach, nicht der Rede wert! Das sieht viel schlimmer aus, als es ist. Wo mußt du hin mit dem Köter?“

„Ach, gerade an uns vorbei und dann drei Häuser weiter.“

„Ich warte auf dich“, sagte Walter, als ich vom Moped stieg. „Gib eben den Klaffer ab und komm zurück. Dann fahre ich dich zur Schule. Ich habe das Gefühl, daß es höchste Zeit ist.“

„Ja, das kann man wohl sagen. Mehr als höchste Zeit.“

So kam ich schnell zurück. Ich warf wieder einen Blick auf Walters Hand.

„Hör, Walter! Schule hin, Schule her und Geschäft hin, Geschäft her, du kommst zuerst mit mir nach Haus und läßt dich verbinden!"

„Na ja, wenn du es unbedingt willst und zufällig ein Stück Pflaster im Hause hast. Aber sonst ist es wirklich nichts. Menschenskind, was habe ich alles in meiner bewegten Jugend durchgemacht an Hundebissen und Kratz- und Schürfwunden. Ich bin so vollgepumpt mit Tetanusimpfstoff, daß mir gar nichts mehr schaden kann."

„Nun, das klingt beruhigend, aber jedenfalls sollst du einen kleinen Verband um deine Hand haben."

Also kam Walter mit. Ich ging zum Medizinschrank und holte eine Mullbinde und Kompressen. So etwas hat meine vorbildliche Mutti natürlich immer im Hause.

Ich wusch die Wunde zuerst mit Borwasser aus, dann versuchte ich, so gut ich es konnte, einen einigermaßen vernünftigen Verband anzubringen. Ich hatte keine Übung, ich brauchte Zeit. Aber Walter wurde durchaus nicht ungeduldig. Er stand ganz ruhig da, guckte mich an und betrachtete meine mühsame Arbeit.

„Moni", sagte er plötzlich. „Eigentlich bist du ein prima Mädchen!"

Ich war so erstaunt, daß ich beinahe die Mullbinde hätte fallen lassen.

„Was sagst du, bin ich? Seit wann findest du das? Das ist mir völlig neu."

„So? Das ist dir neu? Ich habe es eigentlich immer gefunden."

„Aber Walter, dein Auftreten mir gegenüber deutet doch wahrlich nicht auf so was – im Gegenteil!"

„Ja, möglich. So sind nun wir Menschen. Komisch, nicht wahr? Aber ich habe immer gefunden, daß du ein prima Mädchen wärest, und ich finde es noch."

Ich schüttelte den Kopf.

„Wenn ich das nur begreifen könnte. Du warst so abscheulich zu mir, und ... und ...“

„Ich weiß, ich war es. Aber ich bin kein Psychologe, ich kann es nicht erklären. Ich weiß nur, daß ich keine Lust mehr habe, abscheulich zu dir zu sein, im Gegenteil. Und es hat nichts damit zu tun, daß du mir im Frühjahr so phantastisch geholfen hast, gar nichts. Ich fand auch vorher schon, daß du ein nettes Mädchen wärest.“

Ich sah ihn an. Der Verband war fertig. Ich ließ seine Hand los.

„Walter, ich bin auch keine Psychologin. Ich kann es nicht erklären. Ich verstehe überhaupt nichts. Aber natürlich, wenn du es sagst, dann muß ich es dir ja glauben. Und ich finde übrigens auch, daß du jetzt ... na ja, ganz nett geworden bist.“

„Gib's mir schriftlich“, sagte Walter. „Ich werde es vielleicht gelegentlich brauchen. Jetzt ist es aber drei Minuten vor neun. Nichts wie los! Du kommst sowieso zu spät. Ich kann dir keine Entschuldigung schreiben. Du mußt alles auf die Hunde schieben.“

„Mache ich auch.“

Dann ratterten und hopsten wir los auf dem blauen Moped. Zum ersten Mal segnete ich das merkwürdige Fahrzeug. Oh, wie hatte ich es früher gehaßt, und wie glücklich war ich jetzt, daß ich darauf fahren konnte!

Als Walter vor der Schule hielt und ich abstieg, sagte er:

„Hast du was zu tun heute abend, Moni?“

„Ja, eigentlich habe ich das, Walter. Wieso?“

„Ach, ich dachte ... jetzt, da Melitta nicht da ist, da du keinen Wagen zur Verfügung hast sozusagen ..., daß du vielleicht mit meinem Moped vorlieb nehmen möchtest, und ... na ja, wir könnten ja einen kleinen Ausflug machen.“

Ich biß einen Moment auf die Lippe.

„Walter, ich hätte es gern gemacht, aber ... aber ich habe was zu tun heute. Ich muß nämlich einen Brief schreiben.“

„So, schreibst du Briefe? Ist das so wichtig?“

„Ja, er ist wichtig; denn weißt du . . . ach Walter, du kannst doch ein Geheimnis für dich behalten, nicht?"

„Ich glaube wohl, Moni! Ist es schon so weit mit uns gekommen, daß du mir deine Geheimnisse anvertraust?"

„Ja, in diesem Falle tue ich es. Ich werde nämlich einen Brief an meinen Verlobten schreiben."

Walter guckte mich an. Dann zuckte er die Achseln. Und plötzlich war etwas von dem alten Walter in seinem Ausdruck, seinen Bewegungen, als er das Moped startete. Er drehte den Kopf, warf mir noch einen Blick zu.

„Verflixt und zugenäht!" sagte Walter. Dann brauste er davon.

Ich saß Mutti gegenüber am Abendbrottisch. Ich fühlte selbst, daß ich schweigsam war.

Mutti guckte mich an und lächelte ein bißchen.

„Moni, kriege ich fünf Pfennig, falls ich raten kann, an was du denkst?"

„Du kriegst zehn Mark. Aber falls du verkehrt rätst, kriege ich dann zehn Mark von dir?"

„Kommt nicht in Frage. Du denkst also nicht an Marc?"

„Nein! Augenblicklich nicht. Allerdings denke ich an einen jungen Mann, aber nicht an Marc. Ich denke an Walter."

„An Walter? Nanu, seit wann denkst du an Walter? Was hat der Bursche schon wieder ausgefressen?"

„Gar nichts. Er ist furchtbar nett und hilfsbereit gewesen."

Ich erzählte Mutti die Geschichte von den Hunden und von Walters Verletzung und von unserer Mopedfahrt, und ich erzählte ihr, was er mir gesagt hatte.

„Aber, Mutti, kannst du das begreifen? Er sagt, er hat mich immer gemocht, und dann hat er sich so scheußlich benommen und hat mir verletzende und grausame und herzlose Dinge gesagt. Wie ist das bloß möglich?"

„Das ist nicht leicht zu erklären, Moni. Vielleicht habe ich eine kleine Ahnung. Du weißt, Walter und Jutta haben es immer schwer gehabt – ich meine finanziell schwer –, und irgendwie versuchen wohl Jugendliche sich zu behaupten, um sich herauszuarbeiten aus solchen Schwierigkeiten. Sie versuchen, sich geltend zu machen. Du hast mir selbst ein paarmal von Jutta erzählt, daß sie gar nicht einfach im Umgang war. Und bei Walter ist es viel weitergegangen. Ich weiß es nicht sicher, Moni, aber ich kann mir denken, daß es so ähnlich gewesen sein muß. Er konnte vielleicht nie ein Mädchen in ein Kino oder zu einem Eis einladen. In positiver Art konnte er sich nicht geltend machen. Da hat er es eben in negativer versucht. Ich weiß nicht, ob du mich verstehst?"

„O doch, ich verstehe es schon", sagte ich. „Aber Mutti, jetzt denke ich an Marc. Hat jemand es schwerer gehabt als er? Und bei ihm hat sich doch alles positiv ausgewirkt."

„Ja, Gott sei Dank!" sagte Mutti. „Aber ich habe dir schon früher gesagt, Marc hat einen ganz anderen Charakter."

Wir hatten Tee getrunken. Mutti machte das Fernsehen an, und ich zog mich zurück, um einen langen, liebevollen Brief zu schreiben an den Mann, der einen ganz anderen Charakter hatte.

Wir haben es geschafft!

Die Wochen und Monate flogen dahin.

„Pfeif auf das Sparen!" schrieb mir Marc. „Jetzt mußt du lernen, mein Mädchen. Denk an dein Abitur!"

„Marsch ins Bett, Moni!" sagte Mutti abends, wenn die Uhr zehn geschlagen hatte. „Ich will dich nicht morgen früh müde und halb ausgeschlafen sehen. Du bist in der Oberprima, Kind, du sollst arbeiten und vernünftig leben!"

Gegenüber diesen beiden Respektspersonen war ich klein und häßlich; es blieb mir nichts übrig, als artig und folgsam zu sein.

Sehr zögernd hatte Mutti mir erlaubt, wenigstens sonnabends Babys zu hüten. So rollten trotz allem hin und wieder ein paar Märkchen auf mein Sparkonto. Am ersten jeden Monats kam auch, pünktlich wie das Datum selbst, die Rate von Walter.

Ich hatte wieder eine schöne, vierstellige Zahl in meinem Sparbuch. Und ich war genauso sparsam wie vor einem Jahr. Ich trug immer noch meine glatte Frisur, um die Dauerwelle zu sparen, ich trug meine alten, selbstgeänderten Kleider, und Eis, Schokolade und Kino waren für mich Fremdwörter geworden.

Ich hätte nie gedacht, daß man mit dieser bescheidenen Lebensweise so unbeschreiblich glücklich sein konnte!

Von Marc kamen kurze, aber häufige Briefe. Er büffelte wie nie zuvor, und das weckte in mir den Ehrgeiz, auch fleißig zu sein. Ich kam wirklich gut mit in der Schule, sogar im Französischen heimste ich mir öfter ein „Sehr gut" ein.

Einen großen Leichtsinn beging Marc in diesem Jahr: Er besuchte uns zu Weihnachten.

Der Abend war voll Erinnerungen; dauernd gingen unsere Gedanken zurück zum vorigen Heiligen Abend.

„Wie glücklich wäre Opa gewesen, wenn er gewußt hätte . . .", fing Marc leise an.

„Ich glaube, Opa wußte!" sagte ich. „Er wußte mehr als wir selbst. Er wußte, daß du mich lieb hattest, bevor du es selbst wußtest, Marc."

„Bevor ich es selbst wußte? Du weißt nicht, was du redest, mein Liebling! – *Das* habe ich nämlich gewußt seit dem Abend, als Gérards Geschrei mich eine Treppe tiefer lockte!"

„Was so ein Großvater alles mit einer Mutter gemeinsam hat!" sagte Mutti mit einem kleinen, stillen, allwissenden Lächeln.

Am ersten Feiertag machten Marc und ich einen langen Spaziergang. Oh, wie schön war es, endlich Zeit zu haben, sich nicht abhetzen, nicht andauernd auf die Uhr gucken zu müssen!

„Marc“, sagte ich ernst. „Nun bitte ich um eine ehrliche Antwort. Was macht ...“

„... meine Liebe zu dir?“ ergänzte Marc.

„Unterbrich mich nicht, du vorlauter Mann! Ich wollte wissen, was dein Geld macht.“

„Danke der Nachfrage. Es rollt.“

„Ja, diesen Verdacht hatte ich. Marc, du vergißt nicht dein Versprechen? Du gibst mir Bescheid in dem Augenblick, wenn du Hilfe brauchst?“

„Ja, Moni. Versprechen ist Versprechen. Aber ich hoffe, daß es nicht nötig sein wird.“

„Hör, Marc. Gibt es auf der Welt einen Menschen, der dir näher steht als ich? Na also. Wer sollte dir helfen, wenn nicht ich?“

Marc drückte meine Hand, sie lag sowieso die ganze Zeit in seiner.

„Moni, du findest es bestimmt lächerlich von mir, daß ich keine staatliche Hilfe in Anspruch genommen habe, ich hätte bestimmt Möglichkeiten gehabt, etwas zu kriegen. Aber weißt du, es ist mir so schrecklich zuwider! Ich habe jahrelang von Vater Staat gelebt, es ist für mich gesorgt worden, wie es heißt – und ich mag nicht mehr! Ich kann es dir nicht genau erklären. Es ist eine hundertprozentige Gefühlssache, und Gefühle sind oft unlogisch und blöde.“

„Ich verstehe dich trotzdem, Marc“, sagte ich. „Vielleicht bist du unlogisch und blöde, aber ... ich verstehe dich!“

Marc blieb stehen. Er drückte mich an sich.

„Weißt du, Moni“, sagte er leise. „Ich habe es nicht immer leicht gehabt im Leben. Und doch – wenn ich zurückdenke an die Schwierigkeiten, die ich gehabt habe, an die Einsamkeit, an das Gefühl, nirgends einen festen Punkt zu haben, nirgends hinzugehören, dann ist es mir, als ob das Schicksal das alles von mir als eine Vorschußzahlung verlangt hat. Man kriegt nichts umsonst im Leben. Manche müssen Vorschuß zahlen, andere kriegen erst das Glück und dann den Zahlungsbefehl. Ich habe schon bezahlt, für ein Glück bezahlt, das so wunderbar ist, daß der Preis mir direkt lächerlich niedrig vorkommt!“

„Marc“, flüsterte ich, „wie ist es bloß möglich, daß ich, ein ganz gewöhnliches Mädchen, ein achtzehnjähriges Schulmädchen, daß meine ganz kleine Wenigkeit einen erwachsenen, vernünftigen Mann so glücklich machen kann?“

„Ich habe nie darüber nachgedacht, ob du ganz gewöhnlich bist“, sagte Marc. „Ich weiß nur, daß du das Mädchen bist, die Frau bist, die der liebe Gott für mich geschaffen hat!“

Der Alltag kam wieder mit Arbeiten und Pflichten. Hin und wieder erschien Jutta auf einen Sprung bei mir. Ruth und Inge zeigten sich auch zwischendurch, und ein paarmal kamen Kolleginnen von Mutti abends zu uns. Sonst vergingen die Tage ohne irgendwelche Ereignisse.

Aber an einem Nachmittag kam Jutta mit weit aufgerissenen Augen und halb außer Atem. Sie kam, obwohl wir gerade an diesem Tag scheußlich viele Aufgaben aufhatten und sie über ihren Büchern hätte sitzen müssen.

„Moni!“ sagte sie, beinahe noch bevor sie den Mantel aufgehängt hatte, „Moni, kannst du dir vorstellen: Walter will auswandern! Nach Australien!“

„Warum in aller Welt?“ fragte ich.

„Ja, warum? Ein Kollege von ihm ist voriges Jahr ausgewandert und hat jetzt geschrieben. Und Walter meint, er habe in diesem kleinen Nest und in dem Selbstbedienungsladen keine Zukunft. Er hat uns seit vierundzwanzig Stunden von großen Steppen, von Wäldern und Känguruhs und Koalabärchen vorgeschwärmt. Er ist so froh und aufgekratzt, wie ich ihn nie gesehen habe!“

„Was sagt deine Mutter dazu?“

„Sie ist nicht so außer sich, wie man fürchten müßte. Sie sieht ein, daß Walter so etwas braucht. Er muß was erleben, muß für seine Kräfte Verwendung finden, muß sich Aufgaben suchen, für die er sich ganz und gar einsetzen kann. Natürlich ist Australien scheußlich weit weg, aber immerhin . . . Wenn etwas los sein sollte, kann man in unglaublich kurzer Zeit hinkommen oder Walter könnte herkommen, es ist nur eine Frage des Geldes."

„Und das Geld beabsichtigt Walter zu verdienen?"

„Es scheint so! Er sitzt augenblicklich zu Hause, und sucht all seine Papiere zusammen, dann geht es ans Impfen und was alles erledigt werden muß. Er hofft schon in etwa acht Wochen losfahren zu können!"

„Walter ist übrigens in der letzten Zeit sehr viel netter geworden", sagte ich.

Juttas Augen leuchteten.

„Ja, nicht wahr?" Sie schwieg ein bißchen. Sie sah aus, als überlege sie, ob sie weitersprechen sollte.

„Weißt du, Moni, was ich glaube? Es gibt einen Menschen, der ihn jetzt hätte zurückhalten können, und dieser Mensch bist du!"

„Jutta, du spinnst!"

„Nein, ich spinne nicht. Mein dämlicher Bruder hat alles getan, um seine eigenen Chancen bei dem Mädchen zu zerstören, das etwas für ihn bedeutete. Ich glaube, Moni, es war eine Art Selbstschutz, ein Selbsterhaltungstrieb bei ihm. Er fühlte sich unterlegen, er konnte sich dir gegenüber nicht behaupten, und so griff er zu dem Entgegengesetzten – er wurde unausstehlich, ich weiß es."

„Ich kann nur nicht begreifen, was er in mir sieht", sagte ich. „Wenn er sich nun in . . . ja zum Beispiel in Melitta verliebt hätte, dann hätte ich seine Reaktionen eher verstehen können . . ."

„Melitta? Jetzt spinnst du wohl! Millionärstochter mit Pelz und Villa und eigenem Wagen! Nein, so hoch hinaus hat er bestimmt nie gedacht. Du weißt – ach, wie heißt es nun gleich? – ‚Die Sterne, die begehrt man nicht'. Aber du warst nicht ganz so weit weg wie Melitta, du warst irgendwie näher; aber eben nicht nah genug. Und um nicht ganz unglücklich zu werden, hat er sich dann mit . . . mit der Unausstehlichkeit sozusagen bepanzert."

„Aber Jutta, er war auch zu anderen Menschen unausstehlich!"

„Ja, das stimmt. Das war auch eine Art Bepanzerung, um nicht in Minderwertigkeitsgefühle zu versinken. Wir haben es nämlich oft sehr schwer gehabt bei uns zu Hause, Moni. Schwerer, als du ahnst."

„Das habt ihr aber gut verbergen können, Jutta."

Jutta lächelte, ein ganz kleines Lächeln.

„Man hat ja seinen Stolz", sagte sie leise .

Zwei Monate später erlebte ich etwas Sonderbares.

Ich war bei Jutta und Walter eingeladen gewesen. Wir feierten den Abschied mit vielen guten Wünschen und vielen Worten. Ich freute mich wirklich, wie Walter sich verändert hatte. Er war erwachsen, er war gelöst von allem, was früher gewesen war.

Mir fiel ein, daß vielleicht noch anderes mitgespielt hatte als das, was Mutti vermutet und Jutta bestätigt hatte. Jeder Junge hat ja seine Flegeljahre. Vielleicht hatte Walter die seinen etwas spät durchgemacht.

Er behielt meine Hand lange in der seinen, als wir uns verabschiedeten. Er sah mir ins Gesicht, seine Augen waren sanft!

„Dann alles Gute, Moni. Ich werde an dich denken . . . manchmal", fügte er schnell hinzu. Er drehte sich um. Nein, da war keiner in unserer unmittelbaren Nähe. „Schickst du mir mal eine Karte . . . außer der Verlobungskarte?"

„Ja, Walter. Tu ich. Und ich wünsche dir alles denkbar Gute. Und dann . . . dann möchte ich dir danken, Walter. Danken, weil du dich letzten Endes als guter Freund erwiesen hast. Ich bin froh, weil ich jetzt mit guten, freundschaftlichen Gefühlen an dich denken kann."

„Moni", sagte Walter.

Dann neigte er den Kopf und küßte meine Stirn.

Drei Tage später war er weg.

Ich wußte, daß er mit dem späten Abendzug fahren wollte. Komisch, meine Gedanken wollten gar nicht von Walter los.

„Siehst du", sagte Mutti. „Man soll sich hüten, einen Menschen nach dem oberflächlichen Eindruck zu beurteilen. Ich glaube, jeder Mensch hat irgendwo unter der Oberfläche, so unsympathisch diese auch scheinen mag, irgend etwas Positives. Die Kunst ist nur, das Positive an den Tag hervorzulocken. – Aber jetzt Schluß mit dem Philosophieren . . ."

„. . . es ist zehn Uhr, liebe Moni, denk an dein Abitur, du sollst morgen ausgeruht sein!" ahmte ich Muttis Stimme nach.

„Du bist ein furchtbares Gör, Moni. Unbegreiflich, daß ich dich so lieb habe."

„Das beruht auf Gegenseitigkeit, Muttchen. Gute Nacht!"

„Gute Nacht, Mäuschen."

Ich machte die Augen zu, und gleich danach schlief ich.

Als ich zum Frühstück kam, war Mutti weg. Sie hatte Vormittagsdienst. Sie hatte anscheinend unseren Postkasten nachgesehen, denn auf meinem Teller lag ein Brief. Ich drehte ihn zwischen den Fingern. Die Handschrift kannte ich nicht . . ., doch . . . irgendwie kam sie mir bekannt vor. Der Brief hatte keine Marke, er war so eingesteckt worden.

Ich machte ihn auf.

„Liebe Moni! Mein olles Moped nehme ich nicht mit zu den Känguruhs. Es zu verkaufen hat keinen Sinn, ich kriege doch nichts dafür. Aber das Ding ist gerade überholt worden und ganz in Ordnung. Ich habe es auch noch lackiert. Willst du es haben? Es steht in Eurem Garten, hinter dem Haus. Du brauchst nur Führerschein V, das schaffst du leicht.

Wenn du die olle Mühle nicht behalten willst, dann sieh zu, daß du sie irgendwo für ein paar Mark los wirst.

Viele Grüße Walter."

Ich rannte in den Garten. Da stand ein blitzblankes feuerrotes Moped, sauber und gepflegt. Kein Mensch konnte ihm ansehen, wieviel es durchgemacht hatte.

Ich ging hin und strich mit der Hand über die rote Lenkstange, und plötzlich war ich froh, ganz schrecklich froh! Warum in aller Welt hatte ich nie daran gedacht, für ein schlichtes Moped zu sparen? Als ob das nicht genügt! Wozu brauchte ich ein Auto?

Oh, wie freute ich mich darauf, auf dem eigenen Moped zur Schule zu fahren, immer eine Freundin mit auflesen zu können – und wer weiß, vielleicht würde sogar Mutti den Mut aufbringen, sich draufzusetzen?

Aber jetzt mußte sie auch meinen Gutschein einlösen, den Gutschein über fünf Stunden Fahrunterricht!

Walter hatte recht. Wenn man radfahren kann und außerdem alle Verkehrsregeln aus dem Effeff kennt, ist es wirklich ein Kinderspiel, das kleine Führerscheinchen für ein Moped zu machen. Ich schaffte es ohne Schwierigkeit.

An einem Frühlingstag kam der lange erwartete Brief von Marc.

„Mein Mädchen, jetzt ist es soweit mit mir. Ich habe dir hoch und heilig versprochen . . .“ Ich las nicht weiter, sondern sah auf die Uhr. Zehn Minuten vor Schalterschluß. Zehn Minuten – Kleinigkeit! Ich war doch motorisiert!

Auf der Bank hatte ich eintausendachthundert und drei Mark und vierundfünfzig Pfennig.

Ich reichte der Beamtin das blaue Büchlein.

„Bitte, ich möchte eintausendachthundert Mark abheben!“

Die Beamtin, die in all dieser Zeit sozusagen meine Freundin geworden war und sich private Bemerkungen erlauben durfte, sah mich an:

„Nanu, Fräulein Hasseldorf! Ihr ganzes Vermögen! Nun, dann stehen Sie wohl am Ziel Ihres Sparens?“

„Ja“, sagte ich, und ich fühlte selbst, wie mein Gesicht ein einziges, glückliches Lächeln war. „Jetzt bin ich am Ziel!“

Ich knatterte zur Post und schickte eine Postanweisung. Dann fuhr ich nach Hause und las Marcs Brief zu Ende.

Mein neunzehnter Geburtstag nahte.

Ich hatte mein Abitur glücklich hinter mir. Seit einem Monat wirtschaftete ich zu Hause allein. Ich selbst hatte Mutti darum gebeten.

Ich mußte doch etwas lernen, mußte mich auf meine Aufgabe als Hausfrau vorbereiten!

Ich hatte nie gewußt, daß Hausarbeit so viel Spaß machen konnte! Ich liebte es direkt, in der Küche zu hantieren, alles blitzsauber zu halten. Ich liebte es, das leise Summen vom Teekessel und das Brummen in den Kochtöpfen zu hören. Besonders liebte ich es aber, wenn Mutti am Tisch sagte:

„Sehr gut, Moni, dies ist dir wirklich gelungen!"

Ich liebte es aber auch, Mutti zum Dienst zu fahren. Sie kletterte wie eine adrette Siebzehnjährige auf den Soziussitz!

„Eins sage ich dir, Moni", meinte sie. „Wenn du und Marc euch eines Tages ein Auto leisten könnt, dann schenkst du mir dein Moped!"

„Und einen Gutschein für Fahrunterricht", versprach ich lachend.

In Köln schuftete Marc, er stand mitten im Examen. Ich drückte die Daumen, daß sie blau und gelb wurden.

Eines Tages war es soweit.

Mutti war im Dienst. Ich war dabei, zum ersten Mal in meinem Leben ein Risotto zu bereiten. Da klingelte das Telefon.

„Ein Telegramm für Fräulein Monika Hasseldorf", sagte eine weibliche Stimme. „Ist sie selbst zu sprechen?"

„O Mutti, du alte Foppliese! Schnell, schnell!"

„Zuerst deine Entschuldigung, weil du deine Mutter eine Foppliese nennst!"

„Ja, ja! Tausend Entschuldigungen, lies nun endlich!"

„Also hör gut zu: Mit Eins bestanden. Kuß. Marc."

„Oh, Mutti!"

„Soll ich es wiederholen?"

„Ja, Mutti. Bitte. Zehnmal. Hundertmal!"

Ich saß vor meinem kleinen Schreibtisch, ganz allein, ganz still, von großem, leuchtendem Glück erfüllt. Ich wollte Marc schreiben. Oder würde ihn ein Brief nicht mehr erreichen? Vielleicht war er schon unterwegs hierher? Ach nein, er mußte ja seine Sachen packen, er wollte ja das Zimmer aufgeben. Natürlich, wenn ich noch heut abend den Brief einsteckte, würde er ihn ja morgen haben.

Ich öffnete die Schublade, um das „beste" Briefpapier herauszuholen. Unter dem Karton lag mein Sparbuch.

Ich nahm es auf, öffnete es. Zum ersten Mal saß ich ganz ruhig, ohne abgehetzt zu sein, ohne fieberhaft zu rechnen – ich saß ruhig und unsagbar glücklich und sah mir die Zahlenreihen an.

Lange Reihen kleine Sümmchen eingezahlt. Da, fünfzehn Mark – das war ein Babysitten. Vier Mark – Fliederbeersäubern, oh, wie langweilig war das gewesen! Zehn Mark kurz nach Weihnachten, Geschenk von meiner Tante, damit ich mir „was Nettes" kaufen könnte.

Kleine Sümmchen – und jedes Sümmchen bedeutete Arbeit, Verzicht, Müdigkeit. Jedes Sümmchen hatte ein Opfer gekostet, eine kleine Portion Selbstbeherrschung.

Am zwölften April vorigen Jahres: Auszahlung neunhundertachtzig Mark.

Ja, was dieser Posten mich gekostet hatte! An Zweifeln, Enttäuschung, an Opfern, an Tränen!

Dann ging es wieder aufwärts. Es folgten die schönen Einnahmen vom Café Elmenfrieden. Dann Walters pünktliche Raten. Die Summe wuchs, sie überschritt die tausend Mark, die Nullen verschwanden, wurden durch andere Zahlen ersetzt, durch gebogene und eckige Zahlen, bis das schöne Kringelchen der Ziffer 8 erreicht war.

Opfer, Fleiß, Verzicht, Arbeit.

Für mich war das kleine dünne, blaue Büchlein in der abgegriffenen Hülle ein Roman. Es fehlte nur ein Titel auf der Vorderseite.

„Zwei Jahre meines Lebens“ oder „Mein Weg zum Glück“ oder so was.

Nein! Jetzt wußte ich:

„Moni und das liebe Geld“ müßte das Buch heißen. Das kleine dünne, blaue Buch.

Meine Augen ruhten auf der letzten Zeile.

Guthaben: Drei Mark und vierundfünfzig Pfennig.

Ich sah mir die Summe wieder an.

Drei Mark und vierundfünfzig Pfennig. Das war alles, was ich besaß. Und ich war der glücklichste Mensch auf der Welt.

Schneider-Buch

Schutzumschlag: Susi Looser

Illustration: Ingeborg Haun

Bestellnummer 6657

8000 München 46, Frankfurter Ring 150

ISBN 3 505 06657 5

90 89 88 87 / 39 38 37 36 35 34 33 32 31 30 29 28 27 26 25